마지막 비상구

마지막 비상구

1쇄 발행일 | 2021년 11월 30일

지은이 | 윤규열
펴낸이 | 정화숙
펴낸곳 | 개미

출판등록 | 제313-2001-61호 1992. 2. 18
주소 | (04175) 서울시 마포구 마포대로 12, B-103호(마포동, 한신빌딩)
전화 | (02)704-2546
팩스 | (02)714-2365
E-mail | lily12140@hanmail.net

마지막 비상구

윤규열 소설

개미

상념의 시간이 흘렀다.

주변에선 정년이라는 언어 앞에 그늘진 얼굴들이 스쳐 지나간다.

2021년에는 미원동에 토굴 하나를 장만했다.

이제 보이지 않는 터널 속으로 깊이 빠져 그늘진 삶을 반추해 보려한다.

상상의 언어가 충돌하고

머릿속이 어지럽다.

하루라도 깊은 잠에 빠져보고 싶다.

개미출판 최대순 사장의 권유도 있고 하여 또 한 권의 책을 출간한다.

늘 한 권의 책을 내면서 다음에는 좀 더 깊은 소설을 생각하지만 쉽게 되지 않는다.

좀 더 조금만 더 깊어지기를 소원하며……

2021년 겨울 초입 미원토굴에서

윤규열

차례

마지막 비상구

1

푸른 어둠이었다. 빌딩에서 흘러들어 온 백색 형광체의 불
빛은 마치 유리관을 통과해 푸른 어둠과 함께 섞여 공원의 숲
속에 잘게 부서지는 것 같았다.

아직 어둠이 여물어 있는 검은 대지는 저녁나절에 퍼부은
비에 차갑게 젖어 있었다.

석규는 담을 가볍게 넘어 유적지의 공원으로 들어가 늘 새
벽을 바라보곤 하던 숲속으로 향했다.

엊저녁까지만 해도 관람자들로 북적대던 암사동 유적지의
공원 안에는 인기척이 없었다.

새벽녘 고양이 잠을 자거나 자신의 미래에 대한 어떤 것들
을 생각하기에 안성맞춤인 나무벤치에 앉았다.

가끔씩 부스럭거리는 소리가 들리는 쪽을 바라보면 어김없이 고양이들이 쓰레기 더미를 뒤지고 있었다.

멀리서는 발정기의 고양이 울음소리가 처량하게 들려 을씨년스러운 날씨를 대변했다.

머리를 감싸 쥐고 방금 전까지의 디아블로게임을 생각해 보았다. 임페리우스가 가지고 있는 용기의 창이 눈에 그려졌다 사라졌다. 그 뒤끝에는 늘 타락한 레오릭왕이 솔라리온을 들고 있었다.

"그래, 솔라리온이었어. 티리엔과의 협정…… 천사와 지옥의 평화 협정. 그것이 디아블로의 틈이었지. 세상의 틈도 어쩌면 한 가지의 잘못된 선택과도 같은 거 일거야. 선택은 늘 인간일 것이고."

머리를 흔들었다.

눈을 뜨자 시퍼렇던 새벽의 기운이 서서히 걷히고 있었다.

"한 시간 정도면 어둠이 걷히겠지."

여명이 와도 공원에는 혼자였다. 마치 로댕의 생각하는 사람처럼 턱을 괴고 생각에 잠겨있을 때 날갯짓 소리와 동시에 까마귀 소리가 딱따구리의 나무 찍는 소리처럼 귀를 후볐다.

"저놈들이 또 나타났군. 이 시간이면 저놈들이 꼭 이리로 온단 말이야. 저그 같은 놈들…… 몇 마리나 되는 거야. 내가 세상에 서려면 저놈들 만큼의 계단을 올라가야 될 거야. 그러니 영원히 세상에 설 수 없을지 모를 일이고……."

까마귀들은 이미 한 차례 고양이들이 지나간 그 쓰레기 더미를 다시 뒤졌다.

보기가 싫어 작은 돌을 던지면 놀라지도 않고 그 자리에서 껑충 뛰어올랐다가 다시 그 일을 계속했다.

어떤 놈은 굴러가는 돌을 따라가 부리로 찍어보기까지 했다.

빌딩 사이로 뿌옇게 밝아오는 하늘을 바라보며 생각에 잠겨있을 때 부스럭거리는 소리와 함께 까마귀들의 날카로운 소리가 들렸다.

어둑한 공원의 새벽, 허리가 땅에 닿을 듯 구부러진 노파가 힘겹게 손수레를 끌고 까마귀 떼 속으로 들어가고 있었다.

사람을 무서워해야 할 까마귀들이 마치 자기들의 영역을 침범한 다른 종족으로 생각하고 사납게 짖어대는 것 같았다.

"저놈들이 사람을 잡겠어…… 아냐 늙고 힘없는 사람을 저놈들은 알고 있는 것이야. 디아블로도 약점을 알고 그곳을 공격하잖아. 좀 더 두고 보자고."

늘 옆자리에서 게임을 즐기던 17세 고등학교 졸업반이라는 영수가 떠올랐다.

"저렇게 폐지를 줍는 할머니 밑에서 어떻게 대학을 생각하겠어."

　노파는 아무것도 없을 것 같은 쓰레기통에서 폐지를 주어 조심스럽게 작은 손수레에 옮겨 담고 있었다.

　다시 나무벤치에 누웠다. 눈을 감았다. 주변의 소리를 듣지 않으려고 새벽까지 이어온 게임을 연상해 보다가 할머니와 할아버지의 모습이 떠올랐다. 그 기억의 끝에는 늘 아버지와 어머니가 있었다.

　이렇게 사는 자신이 미워 더 이상 생각하기 싫었다. 어머니와 아버지의 모습이 떠오르면 고개를 세차게 흔들었다.

　부모님의 모습은 잊어야 한다고 마음속으로 되뇌이곤 했지만 유년의 기억들이 시골집 아궁이에서 연기가 피어오르듯 모락모락 피어올랐다.

　피시방에서 게임에 빠져있을 때도 가끔씩 이렇게 살아서는 안 된다고 생각하면서 부모님을 떠올려 보기도 하였으나 잊기 위해서는 더욱 게임에 몰두했다.

　생각 속에 빠져있을 때 고양이 울음소리가 날카롭게 들렸다. 눈을 뜨고 숲속을 살폈다. 발정기의 고양이 소리와 흡사했지만 뭔가 달랐다.

　평범하지 않는 소리도 있었다. 어떤 음악인지 몰라도 클래식 음악 같은 소리가 은은하게 공원을 훑고 다니는 것 같았다.

벤치에서 일어나 숲속으로 대밭고양이처럼 가만가만 발걸음을 옮겼다.

공원의 소나무 숲이었다. 한강에서 그리 멀지 않은 쪽으로 작은 소나무가 몇 그루가 있고 그 소나무 사이로 이상스럽고 신비로운 빛이 보였다. 처음에는 숲에서 홍보용으로 쏘아 올린 빛일 거라 생각했지만 자꾸만 의문이 생겼다.

그 신비로운 빛은 지름이 1미터쯤 되어 보이는 빛의 기둥이었다. 자세히 바라보니 쏘아 올려진 빛이 아니고 하늘 높은 곳에서 내려 온 빛이었다.

깊은 숲속도 아니고 사람들이 운동을 하는 길가에서 그리 멀지 않은 곳이었다. 한강 가장자리 작은 산책길에서 그리 멀지 않은 공원의 숲이기 때문에 누구든 발견했음직한 빛의 기둥이었다.

공원이 희뿌옇게 밝아 오지만 그 빛은 창백하고 선명하였다. 수를 헤아리기 힘들 정도로 새벽에 공원을 찾아왔지만 처음 목격되는 광경이었다.

곧게 내려온 빛을 자세히 바라보았다. 빛은 마치 하늘로 향하는 통로와 같았다. 그 통로로 고양이가 하늘로 올라가고 있었다.

고양이는 언젠가 던져준 치킨 한 조각을 입에 물고 간 그

녀석이고 그때부터 종종 곁으로 왔다.

그 고양이 몸은 흰 바탕에 검은 무늬가 예쁘게 그려진 녀석이라 또렷하게 기억하고 있었다.

새벽녘 벤치에 누워있으면 들고양이답지 않게 다리나 몸통에 몸을 비비던 녀석이었다.

그 고양이가 거꾸로 치솟아 오르고 있었다. 고양이는 끌려 올라가지 않으려고 몸을 비틀면서 소리를 지르고 있었다.

아래에 있는 석규를 보더니 살려 달라는 듯 고막이 찢어질 듯 날카롭게 소리를 질렀다.

쓰레기통을 뒤지던 까마귀도 몇 마리 섞여 오르고 있었지만 까마귀들은 마치 죽은 것처럼 풀이 죽어 오르고 있었다.

"저것이 무엇일까?"

그 자리에 서서 지켜보고만 있다가 정신을 가다듬고 빛의 기둥 앞으로 한 걸음씩 다가갔다.

"나도 오를 수 있는 곳일까?"

빛 바로 1미터 앞까지 다가가 생각해 보았다. 다시 내려올 수는 있는 걸까 라는 의문이 들기 시작하자 두려움이 앞서 그대로 서 있었다.

뿌옇게 밝아오는 동쪽을 바라보았다. 아침 햇살에 눈이 부셨다. 그때 갑자기 '윙' 하는 소리가 들렸다. 그 소리와 함께

　　　　　　　　　　　　　　　　마지막 비상구

신비스런 빛도 어디론지 사라져 버렸다. 빛이 있던 자리에는 아무런 흔적도 없었다.

피시방이 있는 곳을 바라보았다. 어느새 시린 햇빛이 피시방의 벽을 점령해 있었다.

컴 앞에 다가앉아 디아브로게임을 열었다. 하지만 방금 전에 있었던 신비스런 일 때문에 게임도 손에 잡히지 않았다.

"게임이 시작되었습니다."

멍청히 새벽의 일을 생각하고 있자 영수가 바라보았다.

"오늘은 게임이 되지 않겠어."

다시 컴퓨터를 끄고 나와 공원의 담을 넘었다.

하늘로 연결된 통로 같은 곳의 흔적을 찾으려고 주변을 정밀하게 관찰했지만 헛수고였다.

다시 발견한다면 고양이가 사라진 곳으로 올라가 보리라 다짐하면서 피시방으로 향했다.

영수는 부지런히 손가락을 움직이고 있었다. 날을 하얗게 지새운 매니아들이 여기저기서 하품을 하고 일부는 의자 깊숙이 앉아 새우잠을 청하고 있었다.

"영수는 안 자나?"

"잠이 오지 않아요."

"왜?"

"할머니께서 병원에 입원하신 후로는 게임도 잘 되지 않고……."

"그럼 병원이라도 가봐야지."

"머리가 복잡해서……."

"그러다 돌아가시기라도 한다면 더 힘들어진다. 죄책감도 들것이고."

"그래야겠어요."

잠시 생각하던 영수는 의자에 걸려 있는 점퍼를 입고 피시방을 나갔다.

석규는 영수의 문제가 아니라 자신도 할머니의 문제에 대하여는 자유로울 수가 없었다. 영수가 떠나고 한동안 영수의 자리를 바라보다 일어섰다.

곧장 할머니와 할아버지가 살고 있는 집으로 향했다.

그동안 집을 나가면 열흘이 넘게 집으로 돌아가지 않았다. 할아버지 할머니는 석규의 나이를 생각해서인지 특별한 대책이 없어서 인지 나무라지도 않았다.

스물일곱이었지만 변변한 직장도 없고 일자리를 찾아보았지만 있을 만한 곳도 없었다. 가난의 굴레를 벗을 수 있는 길은 아무리 생각해도 없었다.

언젠가부터는 자신이 마치 뫼비우스의 띠 속에 빠져있다고

마지막 비상구

생각하기도 하였다. 그것이 자기를 합리화시키는 데는 좋았다.

서울은 넓고 사람들이나 일자리도 많았지만 의지할 곳이라고는 현실적으로 찾아봐도 없었다.

늘 그랬지만 대문 앞에서부터 집안 사정이 눈에 훤히 보이는 것 같았다. 입구에서부터 할머니 할아버지께서 줄기차게 모아둔 폐지들이 좁은 길만 남겨두고 마당에 가득했다.

방문을 열자 잠이 든 두 분의 하얀 머리카락이 보였다. 한동안 두 분을 바라보고 서 있었다. 잠에 든 할아버지와 할머니는 고단했던지 깊은 잠에 빠져 눈을 뜨지 않았다.

문득 온 나라에 수배를 내렸던 하얀 두발의 인상착의가 눈에 들어왔다. 방문 입구에 전단이 붙어있었다. 두 분과는 너무나 상반되는 사람이었지만 흰 머리카락은 같았다.

수배 사진을 보고 문득 21세기의 예수는 저런 사람이 아닐까? 하는 생각이 머리를 스쳤다.

"이런 곳에까지 이걸 붙여 놓다니?"

벽에서 전단지를 떼어내 폐지더미 속에 던져 버리고 나왔다.

"아직 건강하신 것도 다행이지."

갈 곳이라고는 피시방뿐이었다. 터덕터덕 피시방 쪽으로 걸었다. 창백한 햇빛이 마치 여름철 우박처럼 길가에 무수히 쏟아지는 것 같았다.

피시방으로 들어서자 매니아들은 의자에 아무렇게나 구겨져 잠이 들어 있었다. 영수의 책가방은 의자 아래서 휴직조각처럼 구겨져 주인을 잃은 것처럼 고개를 숙이고 있었다.

2

영수는 피시방을 나간 후로 며칠이 되어도 돌아오지 않았다. 하늘로 오르는 통로도 그 후로부터는 열리지 않았다.

자꾸만 그 빛의 통로 끝이 하늘 어디쯤이라는 의문은 지울 수가 없었다. 가끔씩 곁으로 와 자기 몸을 비비던 고양이도 그 후로는 보이지 않았다.

인력사무소를 통하여 아파트를 짓는 공사판에 나갔다. 일을 하는 동안 사람들은 말이 없었다.

단지 소리가 들리는 것은 고가 크레인을 움직이는 기계 소리와 땅을 파는 포클레인 소리가 전부였다.

석규가 하는 일은 공사감독관의 몇 마디에 움직이기만 하면 되는 일이었고 공사감독관은 일력들이 알아서 해주기를 희망하는 사람이었다.

그곳에서 철근토막을 줍든지 콘크리트 잔해를 치우는 일을 주로 했다. 어렵다든지 무거운 짐을 나르는 일들은 기계들이 다했다.

　　　　　　　　　　　　마지막 비상구

그렇게 하여 하루를 벌면 며칠을 지냈다. 돈을 쓰는 일도 별로 없었다. 피시방도 주변에 많이 생겨 이용료가 하락하였고 단골이라고 해 가끔은 외상도 해주고 가격도 낮추어 주었다.

일주일이 지나자 영수의 책가방은 치워졌고 그곳에 다른 아이가 점령했다. 이 피시방은 처음이라며 쑥스런 표정으로 인사를 하고는 하루종일 컴퓨터에 몰두하는 아이였다.

영수는 나가고 꼭 열흘이 되는 날 돌아왔다.

"여기 자리가 아직 비었나요."

"어제까지 한 학생이 앉았는데 이 피시방은 맘에 들지 않는다며 떠났네."

"잘됐네요."

영수는 주인아주머니에게 자기의 소지품을 돌려 달라 말하고 그 자리에 앉았다.

"할머니께서 돌아가셨고 할아버진 전라도 요양원으로 떠났습니다."

"자네는 어떻게 하려고."

"어차피 갈 곳도 없고 형과 함께 이곳에 있으면서 돈이 떨어지면 형처럼 노동일을 해야죠."

"나처럼 살면 안 돼. 편할 것 같아도 죽을 지경이네. 다 잊기 위해 이렇게 게임에 몰두하고 있는 것이고."

"저도 똑같은 생각입니다."

주인아주머니가 영수의 가방을 들고 와 영수의 의자 옆에 놓아 주었다.

영수는 앉자마자 디아블로를 열었다.

얼굴에서 왠지 모를 비장함이 서려 있었다. 게임을 위한 비장함은 아니었고 자신의 삶에 대한 어떤 이정표가 정해져 있는 것 같았다.

새벽녘이 되어 다시 피시방을 나섰다. 이번에는 전에 보았던 시간을 어림 계산하면서 빛의 기둥이 보이기를 기다렸다.

고양이들이 사라진 곳에 저그 같은 까마귀들이 어김없이 나타났고 노파도 나타나 종이를 주웠다. 아무리 주변을 살펴도 친구와도 같았던 검은 바탕에 흰옷을 입은 고양이는 그때 이후로는 나타나지 않았다.

새벽이 되자 컴퓨터 앞에 엎드려 있는 영수를 생각했다. 영수의 삶이 꼭 자신이 걸어온 시간을 따라 다가오는 것 같아 친동생 같기도 했다.

일찍 어머니와 아버지가 어디론지 떠났고 조부모 밑에서 자란 것이나 학교를 포기해야만 했던 과거의 생활도 같았다.

영수는 아직은 어려 부모를 생각하면 분노가 치밀 것이 분명했다. 그 분노는 자판을 두드리는 손을 보면 금방 알 수 있는 것이었다. 하지만 조금 후면 그 분노도 무디어져 버린다는 것을 석규는 잘 알고 있었다.

빛은 오늘도 나타나지 않았다. 더욱 그 빛이 그리워지는 것은 고양이처럼 한 번 오르면 내려오지 못하는 두려움보다 현실에 대한 도피처로 생각하기 때문이었다.

피시방으로 돌아와 조그만 노트에 빛의 통로에 대한 일들을 세밀하게 정리하여 기록해 두고 컴퓨터 옆에 놓았다.

누구든 노트를 보면 장소를 알 수 있겠지만 이 피시방에서 그 말을 믿어줄 사람은 영수 말고는 없을 것 같았다.

게임에 열중하고 있는 영수에게 며칠이 되어도 나타나지 않으면 이 노트를 펼쳐 보라는 말도 종종하였다.

영수는 그렇게 말하면 마치 유서라도 써 놓았나 하는 의문의 눈길로 바라보았고 자살은 죄악이라는 말도 종종하였다.

빛의 기둥을 발견하고 30일이 지나 던 날이었다. 다시 보게 될 것을 기대하지도 않았지만 눈은 늘 한곳으로 집중하였다.

십여 미터로 접근했을 때 어떤 노래인지 알 수는 없었지만 클래식 음악 소리가 들렸다.

두리번거리며 주변을 살폈지만 아무도 없었다. 빛의 기둥을 발견 했을 때의 기억이 떠올랐다. 그때도 저런 음악이었다고 생각하며 숲속으로 내달렸다.

그 자리에 창백하고 하얀빛이 있었다. 창백한 빛이었지만 멀리서는 보이지 않는 은은하면서도 신비한 그런 빛이었다. 그 빛의 중앙이 소리의 근원이었고 그 소리는 조용하게 숲으로 퍼졌다.

아마 사람들은 그 소리를 공원의 관계자들이 틀어 놓은 것이라 생각할 만큼 공원과 어울리는 곡이었다.

"그래. 이번은 꼭 저 빛 속으로 들어 가야 해. 이번에도 기회를 놓치게 된다면 영영 기회를 얻지 못할지도 모르는 일이지."

더는 생각할 필요도 없이 빛 속으로 뛰어 들었다.

무중력 상태처럼 몸이 허공으로 점점 떠올랐다. 마치 고양이가 자기 몸을 통제할 수 없었듯 석규도 빛의 구덩이 속에서 팔다리를 허우적거렸다.

그 허우적거리는 모습은 마치 날개가 있는 것처럼 위로 오르려고 허공을 향해 날갯짓하는 것이 맞았다.

오르면서 서울의 모습을 바라보았다. 불빛이 마치 보석들을 한 움큼 모아 둔 것처럼 반짝였다.

한강은 실뱀처럼 하얗게 보였고 남산은 검었다. 문득 시계를 보았다. 새벽 여섯 시 오십오 분이었다.

그때였다. 빛이 아래로부터 흩어지기 시작했다. 빛은 360

도 회전하면서 흩어졌다. 그 현상이 자꾸만 발밑으로 다가왔다.

그 현상이 덮쳐 버리기라도 한다면 분명 땅으로 추락해버릴 거라는 생각에 빨리 오르려고 팔로 날갯짓을 열심히 했다.

"쨍"하는 고막을 찢을 듯한 소리와 함께 빛의 흩어짐이 덮쳤다.

어디론지 추락하고 있었다. 눈을 감았다. 먼저 올라간 고양이는 아마 오르면서 다시 공원으로 추락하기를 바랐는지 모르지만 석규는 떨어지면서 어느 곳으로든 오르려고 몸을 비틀었다.

"그래, 이렇게 죽어도 할 수 없는 일이지."

처음에는 어느 곳이든 가야 한다고 생각했지만 추락하고 있다는 것이 지구의 중력 때문일 것이라 생각하고 지구에로의 귀환이 두려웠다.

눈을 감았다. 이렇게 죽는 구나. 생각하면서 할아버지와 할머니 그리고 피시방에 있는 영수를 생각했다.

얼마쯤 낙하했을 때 푹신한 게 느껴지고 동시에 등쪽 살갗을 뚫는 아픔과 함께 정신을 잃었다.

얼마가 지났을까? 귀에 이질감 있는 소리가 들렸다. 그 소리가 동물들의 소리처럼 느껴지기도 했지만 가까운 곳에서 들리는 소리는 분명했다.

눈을 떴다. 거지꼴의 사람들을 보고 놀라 숨을 죽였다. 그 사람들의 옷은 석기시대의 옷처럼 동물의 가죽으로 중요한 부위를 가리고 있는 것에 불과했고. 전시장에서 본 구석기시대나 신석기시대의 사람들의 모습과 흡사했다. 모두 돌망치를 들고 있는 특징이 있었다.

3

석규가 추락한 곳은 신석기시대의 사람들이 모여 사는 곳이었다. 처음에는 그 시대를 흉내내고 있는 사람들이라고 믿었지만 며칠 동안 그들의 모습이나 생활을 보고서야 과거로 거슬러 올라온 것이 확실하다 생각했다.

자신이 빛에 이끌려 그 빛 속으로 들어간 것이나 어딘가로 들려 오른 것 그리고 무엇보다도 확실한 증거는 그 얼룩무늬의 고양이가 그곳에 있었고 공원에서와 같이 고양이는 가끔씩 찾아와 석규의 몸에 자기의 몸을 비비는 것이었다.

사람들은 매일 아침이면 추락해 있는 곳 앞에 음식을 먹으라는 듯 얼마간의 음식을 놓고 자기들끼리 뭐라 지껄이다 떠났다.

사람들이 자기를 위한 경배쯤으로 생각하고 그들이 떠나면

놓고 간 음식을 먹고 돌무더기가 있는 숲속에서 긴 잠을 잤다.

추락했을 때의 상처가 치료될 즈음 숲에서 나왔다. 다시 지구로 귀환해야 한다는 생각에 추락한 숲속을 바라보았다. 그곳은 주변의 여느 숲과 달랐다.

다시 숲속으로 들어가 주변을 살폈다. 석규가 있었던 곳에서 머지않은 곳에 무덤들이 있었다. 석기시대의 무덤군이었다. 매장을 했다는 증거들이 흔적으로 남아 있었다.

어느 무덤은 돌로 엉성하게 만들어져 있었고 일부는 시신이 노출되어 백골도 보였다. 신석기인들이 매일 재단에 음식을 가져다 놓은 것이 자신 때문이 아니고 자기들의 조상에 대하여 숭배를 했을 거라 생각했다.

그들이 자신을 어떻게 생각할지 몰라 앞으로도 계속 숲속에 숨어서 음식을 먹어야겠다고 생각하고 숨어 지냈던 돌무더기 쪽으로 들어갔다.

돌무더기를 자세히 관찰하여 보니 돌들이 깎인 흔적이 보였다. 석기시대의 사람들이 돌무더기의 돌로 뭔가 도구를 만든 것이라 생각하고 그곳도 안전한 곳이 아니라는 생각에 좀 더 깊숙이 숲속으로 들어갔다.

숲속에는 새들이 있었다. 까마귀도 여유롭게 열매를 입에 물고 다녔다. 공원 숲속의 까마귀와는 그런 면에서 달랐다.

고양이들도 몇 마리 있었다. 잘 아는 고양이는 몇 무리의 고양이와 함께 모래샤워를 하면서 놀이를 하고 있었고 음식을 위한 싸움은 하지 않았다.

좀 더 숲속으로 들어가니 야산의 정상이 있었다. 그곳은 주변의 다른 지역보다 높아 멀리를 바라볼 수가 있어 경계하기 좋았다.

그곳에서 동굴을 발견하고 안전처로 생각해 머물렀다. 배가 고프면 내려와 제사를 올리던 그 재단에서 음식을 먹었다.

어느 날 주변에서 가장 큰 나무 위에 올라가 주변을 살폈다. 머지않은 곳에서 농경생활을 하는지 곡식이 심어져 있었고 그 주변에는 움집도 있었다. 신석기인들의 마을이었다.

종종 그 마을에서 사람들도 목격되었는데 사람들의 행동이 분주하지 않았다. 살금살금 그들이 살고 있는 집 주변으로 내려가 그들의 모습을 자세하게 살피기도 하였다.

그곳의 사람들은 밀랍인형으로 만든 신석기인들의 모습과 너무도 흡사했고 생활 또한 유적지에서 보았던 사람들의 생활과 같았다.

농경생활을 하는 사람 그리고 토기의 사용과 불의 사용. 신석기인들의 생활상이 책에서 보았던 것과 같았다. 공동생활을 하였지만 그들은 여유로 왔다. 종족간의 빈부의 문제도 없었다.

비록 숨어서 관찰하였지만 차츰 그들의 생활에 익숙해져 갔다. 고양이는 가끔씩 마을 근처까지 따라 왔다. 친구로는 지구에서도 그러했듯 거기에서도 고양이뿐이었다.

그곳에는 날짜도 없었고 요일의 개념도 없었다. 며칠 동안은 동굴 벽에 지나간 시간을 기록하였지만 기간이 길어지자 아무 소용이 없다는 것을 알고 그만두었다. 그렇게 반복되는 생활을 하고 있었다.

서울의 지붕 밑 할아버지와 할머니가 가끔은 생각이 났지만 곧 잊어버렸다. 영수가 읽어보라는 노트를 읽었는지도 궁금하였다.

백색의 빛이 내려오는 곳에서 혹시나 하는 생각에 기다렸지만 빛도 내려오지 않았고 더더욱 영수는 나타나지 않았다.

어느 날 동굴에 누워 피시방에서 게임을 하던 디아블로를 생각해 보았다. 천사와 지옥의 협정 그리고 그것의 틈. 언듯 스치는 뭔가가 있었다.

"그래. 내가 세상의 틈으로 들어온 거야. 가상으로 생각했던 그 틈은 존재해 있었고, 이 틈을 자유롭게 들락거리는 수가 없을까. 있다면 일이 힘들고 어려울 때 피신삼아 즐기고."

그때 고양이가 동굴로 들어왔다.

"아니, 고양이들도 소리를 지르는 것이 없잖아."

새들과 고양이를 보기는 했지만 시끄럽게 우는 소리는 듣지 못했다. 자기가 왔다는 표현으로 조용하게 울던 고양이는 석규를 보고도 울지 않았다.

"이곳은 언어가 없기 때문에 이들도 입을 막아 버렸단 말인가."

그곳에 있는 신석기시대의 사람들은 언어를 하지 않았고 손과 발을 가지고 이야기를 했다. 마치 전라도 사람들이 거시기라는 용어 하나로 모든 단어를 통용할 수 있듯이.

"말을 할 필요는 없지. 이곳에서는 꼭 필요한 것이 아니니까."

고양이를 쓰다듬으며 혼잣말을 했다. 석규의 혼잣말을 들은 고양이는 의아한 표정으로 바라보았다.

까마귀들도 울지 않았다. 조용하게 이 나무 저 나무를 횡단했고 그곳에서 마음껏 열매를 물고 즐겼다.

시간이 갈수록 말을 하지 않는 것에 대한 스트레스가 쌓여갔다. 가끔 동굴 깊숙한 곳으로 들어가 고함을 질렀지만 말할 수 있는 상대가 없다는 것에 대한 고독함은 더욱 쌓여갔다.

"로빈슨크루스도 홀로 섬에서 살다가 오죽하면 '인간은 사회적 동물이다.'라고 말하면서 기어나왔겠어. 나도 더는 못 참겠어. 저들과 어울려 사는 방법을 고안해 내야겠어."

그 후로부터 신석기시대 사람들의 생활을 깊숙이 엿보기 시작했다. 그들의 사회에는 족장도 있었고 토기를 만드는 토기장이와 농사를 하는 농부들도 있었으며 수렵생활을 하는 무리들도 있었다.

관찰이 깊어 갈 즈음 그들의 무리에 뭔가 심상치 않는 일이 발생했음이 감지되었다. 많은 사람들이 집 밖으로 나와 슬픈 표정을 하였다.

자세하게 관찰해 보니 족장이 사망했음을 알았다. 슬픔은 그때나 지금이나 매한가지였다. 그들도 눈물이 있었다.

이때다 싶어 그들에게 나타날 준비를 하고 있었다. 강가에 나가 그동안 입었던 옷을 빨고 머리도 손질하여 셔츠를 찢어 만든 끈으로 묶었다.

나무에 올라가 그들이 장례를 치르는 때를 기다렸다가 나타날 계획이었다. 마침 그들의 장례행렬이 시작됨을 알고 달려가 돌무더기 뒤에 숨어있었다.

족장의 죽음이라 그런지 성대했다. 많은 사람들이 무덤의 주위에서 일을 하였고 돌무덤을 일반 사람들의 무덤보다 훨씬 크게 만들어져 있었다.

시신이 무덤 안으로 들어가고 사람들은 울면서 돌을 옮겼다. 석규는 때를 기다려 나가야겠다고 생각하여 틈을 노렸다.

장례의 행사가 끝이 날 무렵 서서히 그리고 최대한 인자한 모습으로 그들 앞으로 나갔다. 신석기인들은 석규의 모습을 보고 기겁하여 바라보았다.

　"라!"

　게임에서 왕을 말할 때 쓰이는 말이 라였기에 그렇게 부른 것이었다. 자신을 손으로 가리키며 다시 한 번 크게 외쳤다.

　"라!"

　석규는 검은색 티셔츠를 입고 있었고 티셔츠 가슴에는 영어로 캡틴이라고 흰 글씨로 쓰여 있었다.

　신석기인들이 하나 둘씩 무릎을 꿇었다. 그리고 뭐라 알아듣지 못할 말을 하였다. 꼭 동물들의 소리였다.

　"고우 고우……."

　족장이라는 뜻인지 몰라도 그들의 행동에서 존경의 의미가 담겨 있었다.

　그들 앞을 천천히 걸었다. 사람들은 석규를 따라 왔다. 그리고 관찰해 오던 족장의 집으로 망설임 없이 들어갔다. 그들은 석규의 행동을 보고 새로운 족장이 나타났다고 자기들끼리의 손발짓 언어를 하였다.

　그때부터 아침이면 어김없이 마을사람들의 문안을 받았고 그들도 그걸 좋아했다. 그들은 석규에게 '라' 라고 불렀다.

　　　　　　　　　　　　　　　　　　마지막 비상구

신이나 다름없는 대우를 받으며 살고 있던 어느 날이었다.

제사를 집전하고 있을 때 이곳의 틈으로 들어온 장소인 돌무덤에서 사람의 신음 같은 소리가 들렸다. 퍼뜩 스치는 것이 있었다. 그 곳으로 사람이 떨어진 것이 분명했다. 영수라는 생각에 사람들을 다 물리고 그곳으로 들어갔다. 생각대로 영수였다.

4

영수를 치료차 동굴로 옮겼다. 영수는 치료를 한 지 얼마 지나지 않아 눈을 뜨고 회복하였다.

"영수야, 내 노트를 보았구나."

"한 달이 다 되어도 오지 않아 노트를 보았어요. 황당한 이야기였지만 형 말을 믿어보고 매일 그곳으로 갔어요. 정말 창백한 빛이 나타났고 그 속으로 뛰어 들었죠."

"그곳이 세상의 틈이지. 잘 왔어. 여긴 신석기시대이고 신석기인들이 모여 살고 있는 곳이야."

"여기서 어떻게 지내요."

"여기서 나를 '라' 라고 부르지."

"라요."

"게임에서 외계의 왕을 부를 때 알지."

"그래요."

영수는 그 말을 듣고 놀라운 표정으로 바라보았다.

"사람들은 종교성이 있다고 했잖아. 이곳의 사람들도 이들을 이끌어 줄 뭔가가 필요했던 것이고 난 그걸 이용한 것이지."

"머리는 그게 뭐고 옷은 왜 그래요."

"여기에선 여기 식으로 살아야 되네."

"그래요."

"영수는 이곳에서 칸이라고 부를 것이네. 내가 그렇게 부르라 할 것이고."

"칸요."

"다같이 왕이라는 뜻이야."

"내가 왕이라구요. 좀 과분합니다."

"그렇게 해야 이들의 마음도 편해."

"알았습니다."

영수는 그때서야 가슴을 폈다.

"한국은 어떤 뉴스가 있나?"

"먼저 매일 눈물바다를 만들었던 세월호의 이야기에다가 수배를 내렸던 유씨가 백골의 형태로 나타났어요."

"그래."

"이 말은 하지 않으려 했는데 해야 겠어요. 이곳으로 오기까지는 이 말 때문이었으니까요."

영수는 그 말을 하고는 석규의 얼굴을 살폈다.

"해 줘야지. 우리 집안 일인가?"

"일 개월 전에 형의 할아버지 할머니께서 형을 찾으러 피시
방에 오셨고 그 후 얼마 후에 뉴스를 봐서 알았지만 돌아가셨
습니다. 쓰레기 더미에 불이 나서 그만……."

영수는 말을 잊지 못했다.

"그래. 열심히 살았던 분인데……."

"이곳에서 나갈 수는 없는 건가요."

"틈이 열리기를 기다려야 하는데 그게 언제인지 알 수가 없
어서."

"유골함은 파주에 있는 화장장 납골당에 있어요."

석규는 영수의 말을 듣고 틈이 열리기를 기다렸다. 그리고
영수를 부족들에게 손발짓으로 소개하고 칸이라 부르라 하였
다.

영수가 신석기인들과의 생활이 익숙해지자 석규는 더더욱
틈이 열리기를 기다렸다.

"형 틈이 열렸어요."

틈이 열리기를 기다리던 영수가 새벽녘에 달려와 말했다.

"자네도 나갈 건가?"

"전 여기서 살 겁니다. 나가야 갈 곳도 없고."

"알았네. 나갔다가 다시 돌아옴세."

석규가 가까스로 빠져나갔다.

떨어진 곳이 처음 올라갔던 공원 소나무 숲 바로 그곳이었다.

파주에 있는 화장장 납골당에서 유골함을 찾아와 살던 집에서 가까운 한강에 장례를 했다. 한강에서 장례를 치르는 일이 금지되어 있기 때문에 사람들이 보지 않을 새벽을 선택했다.

석규는 매일같이 암사동 유적지의 틈이 열리는 숲속에서 기다렸지만 석기시대로 들어가는 문은 열리지 않았다.

그러던 어느 날 서울시에서는 공원에 건물을 짓는다고 틈이 열리는 공간을 파헤치기 시작했다.

서울시로 찾아가 그곳이 신석기인들과 왕래할 수 있는 공간이라 말하고 한 달 동안만이라도 공사를 연기해 달라고 하였으나 서울시의 관계자는 불쌍한 눈으로 바라보기만 하였고 공사는 진행되었다.

　　　　　　　　　　　　　　　　　　　마지막 비상구

백색 그 바다

나무의자에 쭈그리고 앉아 있는 노인의 주름진 얼굴은 이글거리는 난롯불 때문에 검붉게 보였고, 남루한 행색에 어울리는 은색의 머리카락은 광야에 나뒹구는 건초더미 같이 이리저리 뒤엉켜 있었다.

창밖으로는 사륵사륵 눈이 내리고 있었다. 어떤 말부터 시작될지 알 수 없으나 시간이 되면 말하기 좋아하는 다른 노인들처럼 바람이 부는 대로 한 토막씩 튀어나올 것이었다.

자신의 속내에 숨겨놓은 전설 같은 이야기를 쉽게 풀어내놓지는 못할 거라 예상하고 있었던 터라 조용하게 창밖으로 눈을 돌렸다가 말해 보라는 투로 노인을 흘겨보았다.

날씨 때문에 실내는 어둠침침했다. 그 때문에 침묵이 더욱 무겁게 짓누르는 것 같았다. 굳게 다문 입술을 바라보다가 지루하다는 표현으로 의자에서 일어나 창 쪽으로 걸음을 옮겼다.

군이 말을 해보라고 할 필요는 없었다. 억지로 말을 시키면 사례관리에서 치명적인 실수를 저지를 수 있다는 것을 경험상 알고 있기 때문에 지루하지만 기다려 주는 것이 나았다.

사례자들이 입을 열어도 횡설수설이지만 사례관리자들은 그 횡설수설을 조합하고 끼워 맞춰 문장을 이뤄내고 논리적으로 합당하게 만들었다. 진실이든 진실이 아니든 분석가들은 그것을 토대로 최종적인 판단을 내렸고, 한 사람의 생태적인 이해와 임상적인 사례를 완성했다.

"그때 참치를 따라 남위 50도를 넘어갔지. 남위 50도면 영구빙의 한계이고 맑은 날이면 멀리로 수많은 빙하가 보였어. 맑은 날씨는 거의 없었지만…… 눈바람 부는 날이 대부분이었으니…… 모르는 사람들은 참치를 잡으려고 그렇게나 멀리 가느냐고 말하지만 일본어민을 보호하고 있는 일본근해에서는 잡을 수 없고, 수온이 상승하기를 기다려 그놈들을 따라가는 것이지 워낙 빠른 놈들이라 미리 가서 기다리며 주낙을 놓는 것이야. 지금은 소나가 있어 물속에 있는 어군을 거울 보듯 하며 따라가지만 그땐 육안으로 관측해가며 잡았지."

어렵게 입을 열면서 그때를 기억하는지 창밖을 한 차례씩

마지막 비상구

바라보며 눈을 흘겼다. 마치 이제부터 말을 할 것이니 가까이 다가와 자기의 말을 들으라는 행동이었다. 난롯가로 돌아와 노인 앞에 앉으며 기록할 단어들과 구사할 어휘를 떠올려 보았다. 기껏해야 이백여 단어들일 것이리라.

"남위 50도를 넘으면 위험하지. 유빙이 거대한 백색 고래의 등처럼 떠다니니 말이여. 창끝처럼 예민한 부위를 물속에 감춘 유빙을 피할 방법이 없거든. 한없이 넓은 바다에선 원양어선이라고 해봐야 한낱 일엽에 불과하니."

그의 얼굴을 바라보았다. 긴 추억을 생각하는지 하릴없이 천장을 바라보다가 허망한 눈으로 창밖을 바라보곤 하였다.

검붉은 얼굴은 장작난로의 아롱거리는 불빛에 형형색색으로 변했다. 허망하게 바라보고 있는 번들거리는 유리창에는 난로의 불빛이 만들어내는 한 폭의 비구상이 그려졌다 지워졌다 반복하고 있었다.

그래 사람이란 가장 절실하고 가장 뜨겁게 살았던 한때를 오래도록 기억하는 것이지. 저 노인도 다른 사례자들처럼 그때를 기억하는 것이야. 지난번 다 늙도록 선원으로 일했다는 그 사람도 만선의 이야기를 듣기 싫도록 지껄였지. 그 사람과 전혀 다르지 않다고. 연민에 적셔가는 자신에게 냉정해지자고 타이르며 사례일지에 기록할 이야기들을 유추해냈다.

"유빙 사이를 활처럼 뛰어다니는 그놈들…… 그놈들이 일으키는 백파."

마치 현실에서 보이는 것처럼 몸을 움츠리며 멀건이 창밖을 응시했다.

그래, 그렇게 시작하는 것이지. 무엇 때문에 그 일을 했는지, 그 일을 하여 인생에서 얻은 것은 무엇이고 잃은 것은 무엇인지 조금 후면 삶의 밑그림이 그려질 것이야.

"좀 더 유빙 사이로 접근하고 유빙에 걸리지 않게 하라고. 천천히 그래 그래. 저길 봐 퍼렇게 형광체로 숨어 잡아 삼킬 듯 숨어 있는 저 물속의 유빙을."

배를 항해하듯 손에 힘을 쥐고 있는 노인의 이마에서 기름 때인지 땀인지 모를 액체가 난롯불에 번들거렸다.

"그때는 유빙을 가장 두려워했으니…… 빙산의 일각이라는 말을 들어봤잖은가? 숨어 있는 것들이 더 크고 무섭다는 것이지. 피하면 될 일 아닌가? 하고 말할 수도 있겠지만 파도 때문에 그리 쉽지 않아 파도의 깊이가 웬만한 아파트 한질이니 생각해 보게나 강심제를 먹지 않으면 무서워 아무것도 할 수 없다니까?"

인생에 있어서 가장 위험했던 순간을 그려내고 있는 것이야. 사람이라면 누구나 한두 번 있었던 일을 마치 늘 있었던 일처럼 기억해 내는 것이지. 그렇게 생각하며 아버지를 떠올렸다. 유자망 선원이었던 아버지 최후의 꿈은 고기잡이배를 타고 동지나나 남지나로 원양어선을 따라가는 것이었으나 끝내 그 일은 이루어지지 않았다.

물끄러미 바라보자 손에 힘을 빼며 멋쩍은 듯 미소를 지어 보였다.

"늘 그렇게 소리쳤으니까. 얼마나 추운지 아우. 영하 사오십 도이고 바람은 불지, 파도는 요동치지, 체감온도는 영하 오육십 도는 될 거라고. 생각해봐 그 눈보라 속에서 주낙 내리는 사람들을……."

그 말을 해놓고 그때의 한기가 느껴지는지 난로에 바짝 다가앉아 손을 쬐었다. 노인은 이미 그때의 기억 속에 빠져 있었다.

얼마의 시간이 흐르자 주위를 한차례 바라보았다. 이마에 그려진 깊게 패인 주름살 속 땀이 실천에 흐르는 습기처럼 불빛에 번들거리며 움직였다. 주낙을 놓지 않고 그물을 던져 넣으면 쉽게 포획하련만. TV에서 보았던 선망선으로 참치잡이를 하는 어선들을 떠올렸다.

"선망선에서 그물을 내려 잡는 참치는 사시미로는 쓰지 못하는 가다랑이라고, 통조림용이나 쓰는. 주낙으로 잡는 혼마구로가 참치로는 최고고 그중에서도 남극지방에서 잡는 참치가 최고라니까. 육백 킬로그램이나 나가는 참치가 낚시에 걸리면 끌어올리는데도 힘이 들어. 큰 소 한 마리가 낚시에 끌려나오는 것을 생각해 보라고. 손가락만한 낚싯줄이 터지는 날도 흔하거든. 그때는 정말 이 손으로 다했다고 지금처럼 어군탐지기인 소나도 없었고…… 선망선을 생각해 봤는가? 브릿지에 어군을 탐지하는 헬기가 있고 배 좌 우현에 달고 다니는 배가 얼마나 되는지 아나? 스피트보트를 일곱 척이나 달고 다니는 배도 있다네. 그것도 부족하여 스키프보트 네트보트도 달고 다니지. 하지만 어종도 다르고 주낙으로 잡는 스릴은 없을 것이야."

생각을 알아차렸는지 그 말을 하고는 눈을 감고 생각에 잠겨 있었다. 추운 날씨와 파도를 이겨 내며 참치를 끌어올리던 그때를 상상하고 있는지 가끔씩 의자의 팔걸이를 힘껏 잡았다 놓았다 반복하였다. 이글거리던 난롯불이 잦아들자 노인의 얼굴이 핏기 없는 얼굴로 보였다.

말이 끊어지자 지루하다는 표시로 난로의 뚜껑을 열었다. 난롯불이 홍시의 속살처럼 은은하게 잠들어 있었다. 노인을 살피며 참나무 한 토막을 집어넣자 난로 속에서 푸른 연기가 소용돌이치며 마치 유령처럼 튀어나오다 빨려 들어가는 것을 보고 난로 문을 닫았다.

　노인은 미동도 하지 않고 잠들어 있는 사람처럼 고개를 숙이고 있었다. 그래도 아버지보다는 나은 사람이지…… 망망대해를 시원하게 떠돌았으니…… 아버지는 평생 원양어선을 타고 고기잡이하는 꿈만 꾸었던 사람 아닌가.

　답답했다. 사례관리기록지에 기록할 내용 때문이 아니었다. 대해만 꿈꾸다 가 버린 아버지의 생애에 대한 답답함이었다. 겨우 입에 풀칠만하고 살았던 유년의 기억들이 창밖으로 보이는 눈송이처럼 사륵사륵 떠올랐다.

　노인이 쉽게 말을 잇지 않을 것이라 생각하고 창가로 향했다. 창밖에 쌓여 있는 눈이 형광체처럼 훤하게 주위를 비추고, 그 위로 하염없이 눈이 내렸다.

　어머니는 망망대해로 나가 돈을 많이 벌어오는 선원들을 부러워했다. 그 때문에 저녁나절 아버지가 비린내를 풍기며 술에 절어 들어오는 것을 살갑게 맞이하지 않았다.

　창밖을 바라보며 생각에 잠겨있을 때 말을 계속하겠다는 듯 의자를 부스럭대며 자리를 고쳐 앉자 노인 앞으로 다가가 앉았다.

　"참치를 잡으면 먼저 썩지 않도록 아가미를 파내. 목 부위의 신경줄과 힘줄을 자르고, 가슴지느러미에 칼집을 내어 심장을 포함한 내장을 꺼내지. 아가미로 연결된 힘줄을 잘라 놓았기 때문에 내장은 힘을 안들이고 다 빼낼 수 있는데 그 다음이 문제야. 아직 꿈틀거리는 놈의 정수리에서 골을 빼내야 해. 그게 쉽지 않아 먼저 가슴지느러미를 잡고 벌려 있는 주둥이에 발을 밀어 넣고 나서 정수리를 깨 꼬챙이로 골을 빼내면 되는데, 그 일을 오 분 내에 해야 되거든. 그래야 온 몸을 돌고 있는 피를 뽑아 낼 수 있고, 부식도 방지하고, 발을 물것 같지만 힘을 쓰지 못한다네. 맨 마지막으론 꼬리에 구멍을 내어 무게에 따라 색실을 달고 줄을 끼워두면 된다네. 어창으로 보내기 전에는 영하 육십 도 되는 곳에서 물에 담갔다가 꺼내면 참치의 표면은 얇은 얼음 막을 형성하게 되어 빠져나가는 수분과 상처를 방지할 수 있지. 그렇게 하여 세 시간 정도를 놓아두고 나서 영하 삼십 도가 넘는 어창에 넣어두면 그만 이라네."

노인은 그때가 생각나는지 춥다는 듯 어깨를 움츠리며 닫아 두었던 난로의 입구를 하릴없이 열었다 닫았다. 난로 안에서 이글거리며 참나무가 타고 있었다.

어머니의 손에서 기계적으로 다듬어져 쏟아져 나오는 우윳빛 오징어 조각처럼 창밖은 여전히 눈이 내렸다.

어판장 안쪽 어둠침침한 공장에서 어머니 연세의 십수 명이 만들어 내는 하얀 형광체의 오징어 조각들의 낙하를 구경한 적이 있었다. 저녁 늦도록 그 일을 하고 집으로 돌아온 어머니는 허리가 아프다며 아랫목 군불에 허리를 지졌다.

그때 어머니를 보고 있으면 화가 났다. 같은 어부의 자식이었지만 원양어선을 타는 이웃집 지혜의 어머니는 값나가는 모피 옷을 입고 거들먹거리며 골목을 들락거렸고, 친구인 지혜도 학생이었지만 그 신분에 맞지 않게 돈을 펑펑 쓰고 다녔다. 우리는 같은 어부의 자식이 아니었다. 겉으로 표현은 하지 않았지만 원양어선을 타지 못하는 아버지의 능력에 대한 불만이 싹튼 것은 그때부터였다.

"주낙을 얼마나 길게 내리는지 아우? 열 개가 매달려 있는 사백오십 미터에 달하는 주낙 오백 개를 8노트의 속력으로 움직이며 ㅁ자 형태로 내려놓는다네. 그 사이 사이에 주파수를 발산하는 부표를 설치해 놓고 말이지. 뭔가에 쫓기면 시속 백 킬로미터로 달아나지만 평상시는 육십오 킬로미터 정도로 수면 위에 백파를 일으키며 움직이는 그놈들…… 멀리서 바라만 보며 ㅁ자로 돌면서 다시 걷어 올린다네."

노인이 남극 망망대해의 어느 곳을 생각하는지 눈을 감았다. 눈가의 잔주름이 평탄하지 않은 삶처럼 어지럽게 펼쳐져 있었다.

"영리하고 빠른 그놈들은 대부분 주낙을 건드리지 않지만, 일부는 늘 먹어오던 인광으로 발광하는 오징어를 보면 식욕을 참지 못하거든. 미끼인 오징어를 한입에 물고 바둥거리며 힘을 자랑하는 놈들을 상상해 보라고. 대부분 빠져나가지만 몇 마리는 주둥이에 걸려 있는 낚싯바늘을 빼내지 못한단 말이야. 그때 다가가서 원동기에 줄을 걸고 끄집어내면 되는 것인데 그게 쉽지 않아. 큰 놈은 무게가 육백 킬로그램이 넘으니 말이야."

아버지는 저 노인과 같이 삶과 죽음의 경계에 서서 고기를 잡던 추억이나 있었을까? 저 노인은 지금 암에 걸려 곧 떠날 줄 알면서도 팔목에 힘을 주며 말하는 것을 봐. 인간은 죽음을 목전에 두고도 망각을 하게 되어 있거든. 그간 사례관리를 하면서 죽음을 부정하던 많은 사람들이 눈앞에 스쳐지나갔다.

아버지는 내가 대학을 졸업하고 취업하자 할 일을 다 했다는 듯 얼마 되지 않아 숨을 거뒀다. 이 노인처럼 자신과의 긴 싸움도 없었고 오히려 누워서 죽음을 순순히 받아들이는 사람과 같았다. 최후의 말은 순이야 미안했다. 라는 말이었다. 순이는 어머니의 이름이었다.

"어창에 참치를 하나 둘씩 육 개월에서 일 년쯤 던져 넣고 사백여 톤이 쌓이면 그때서야 일본으로 키를 돌려. 지금도 만선기를 달고 일본의 시즈오카 항구로 입항하던 날들이 눈앞에 선하게 보이는 것 같네. 마치 자기들이 잡은 고기인 양 참치가 어창에서 어판장으로 옮겨지면, 참치의 꼬리 부분에 드릴로 구멍을 파고 손가락을 넣어보며 최고라고 좋아하던 일본 상인들…… 그놈들은 손가락의 촉감으로 선도를 안다니까. 참치를 다 내리고 항구에 마중 나온 아내를 만나 아이들과 고향소식을 들으며 이삼 일간 휴식을 취하지. 짧기만 한 그 시간에도 살을 에이듯 추운 남극 바다에서 참치를 낚던 꿈을 꾸곤 하였고, 이틀이 지나면 다시 바다로 나가고 싶은 충동이 일었어. 제정신이 아니었지. 집안이 어떻게 돌아가고 있는지. 아이들이 바르게 자라고 있는지. 생각하지도 않고 말이야."

노인을 바라보았다. 눈을 감고 이야기를 하면서도 장시간 앉아 있어서 그런지 이따금씩 몸을 뒤척였다.

저 노인이 원하던 것은 무엇이었을까? 파도와 추위를 견뎌내며 생각했던 것은 무엇이었을까? 낙담을 들으며 난롯불을 살폈다. 죽은 듯 은은하게 머물러 있는 타다만 나무를 뒤적이자 하루살이 같은 작은 불씨들이 싸하며 흩어졌다.

겨울이었다. 누워 있던 어머니는 새벽이 되어도 일어나지 않았다. 이마에 손을 올려보았다. 불덩이였다. 그때서야 어머니는 숨을 깊게 내쉬고는 앓는 소리를 했다. 아버지가 새벽같이 물질을 하러 나간 후였기에 혼자였다. 어떻게 해야 할지 도무지 떠오르지 않아 아버지를 원망하며 울음을 터트렸다. 눈을 감고 계신 어머니는 그때서야 입을 열었다.

"걱정 말고 학교 다녀와. 이러다 괜찮아지겠지……."

어머니와는 그 말을 끝으로 영영 이별을 하였다. 방과 후 집에 돌아오니 불길한 소식을 말해주듯이 집 주위에서 사람들이 웅성거렸다. 어머니의 시신 옆에서 아버지는 쭈그리고 앉아 어깨를 들썩이고 있었다.

어머니께서 갑자기 세상을 떠나자 아버지는 한 달이 넘게 밤늦도록 술을 마셨다. 술에 절어 들어오면 늘 어머니 사진을 들고 이렇게 살려고 근해에서 고기잡이를 했던 것이 아니었다고 눈물 흘리며 말했다. 그렇게 살아오던 어느 날 어떤 생각이었는지 갑자기 술을 끊고 하던 일인 고기잡이를 계속하였다. 밤늦게 집에 돌아오면 밥은 먹었느냐고 한마디만 하고 아무렇게 쓰러져 잠을 잤다.

가장 먼저 월명산으로 달이 넘어오던 산동네 끝집. 지금은 철거되어 없는 그 집에서 아버지와 단둘이 살았다. 옆집 지혜네는 대학에 들어가던 해 군산에서 꽤 이름이 있는 고급 아파트로 이사해 떠났고, 주변에 친구들도 없는 그 집에 살면서 대학에 들어갔다. 대학 사회복지과에 합격했다고 말하자 어머니가 떠나고 난 후 한 번도 웃지 않았던 아버지는 그때서야 미소를 지었다. 그때도 기뻐하였으나 늘 얼굴에는 그림자 같은 어둠이 있었다. 그것을 어머니가 갑자기 세상을 떠난 것에 대한 자책감이라 생각했다.

"참치 사백 톤을 돈으로 환산하면 얼마쯤 된다 생각하나……."

굳이 대답을 원하지 않는 질문이었다. 상상하기도 싫었고 또 알 수도 없는 일이었다.

"사백 톤이면 그때 돈으로 30억이오. 상상이나 할 수 있는 액수요? 그 돈은 삼십 프로는 선주에게 돌아가고 나머지 돈으로 선원들이 나누어 쓰게 되지. 선장 기관장 갑판장 국장 이런 순으로 차등을 두어 지급하는데, 선장 아래 항해사들 기관장 아래 기관사들 이런 순으로 사관들이 얼마간 챙기고 나머지는 평등하게 나누게 된다네. 선원들이 일억 원쯤 손에 쥐게 되니 얼마나 큰돈인가. 제수가 있으면 육 개월 만에 그 돈을 손에 쥐게 된다니까."

밍크코트를 입고 거들먹거리며 동네 골목길을 오가는 지혜 어머니가 눈앞에 보이는 것 같았다.

"돈을 벌면 뭐하나. 돈은 원래 필요한 사람이 불편하지 않을 만큼만 있으면 되는 것인데……."

부러운 표정을 하자 자조석인 말을 했다.

"돈을 벌어 집으로 보내기만 했으니…… 어떻게 사용되고 있는지 알 수 없었고 이제 와서 과거를 돌이킬 수도 없는 일이고. 요즘 생각해보면 마음이 심란해진다네. 식구들을 먹여 살린다는 명분으로 원양어선을 타긴 했는데 막상 그곳에서 고기잡이를 하다 보니 명분이 사라져 버린 거야. 일에 취해버린 것이지…… 요즘 사람들은 그런 사람을 일중독에 걸렸다고 하더군."

아버지는 이 노인처럼 중독이 될 정도로 일을 한 적이 있었을까? 혹시 모를 일이지 집안 식구들을 돌보기 위하여 근해에서 고기잡이를 했다며 자기 합리화 속에 사로잡혔을지. 어머니를 떠나보낸 아버지는 물때에 맞게 뱃일을 나가고 저녁이 되면 술 한 잔도 입에 대지 않고 집으로 들어왔다. 너는 열심히 공부하고 하고 싶은 일을 하라는 말을 마지막으로 잠에 들곤 하였다. 고등학교 시절, 처지를 생각해 기숙사에서 생활하면 어떻겠냐는 담임선생의 말을 아버지는 단숨에 안 된다며 거절했고, 덕분에 늘 어두컴컴한 산허리에 걸쳐 있는 해망동 그 집에서 하루종일 숨죽이며 살았으니.

마지막 비상구

"어느 날이었어. 형형색색의 오로라가 수면 위에서 춤추던 그날, 바다 표면에 뭔가가 보였지. 서릿발처럼 하얀 둥근달이 떠오르기 시작했고, 유빙이 흩어져 지척에서 마치 저녁 하늘의 구름처럼 움직였지. 문득 좌현을 보니 뭔가 이물질이 떠 있었어. 착각할 만한 일이었지만 그렇지 않았다네. 문득 이건 유빙도 아니고 물고기도 아니라고 생각되는 순간 무서운 생각이 들더라고. 사람이 바닷속에 빠지면 그 곳에서는 저온증으로 단 오 분도 견디지 못하는 곳이기에 뱃전을 살펴보며 선실을 향해 소리쳤지. 누군가 바다에 빠졌다고. 순간 저녁식사 후 한쪽 구석에서 뭔가 골똘히 생각하며 차를 마시던 김만덕이가 생각나더라고. 선원들과 함께 갈고리로 건져내니 예상대로였지. 갑판에 뉘어놓으니 바로 얼굴에 하얗게 서리가 끼더라고 그리고 얼마 지나지 않아 만년설에 묻혀 있던 산악인처럼 이내 딱딱하게 얼어버렸지. 마지막 가는 길에 노잣돈으로 쓰라고 보상을 생각해서 실족사라고 말은 했지만 엄밀히 말하면 자살이었을 것이야."

어쩌면 저렇게 진지해 질 수 있을까? 마치 자신의 인생 전환점을 말하는 것 같이. 그래 사고이든 자살이든 들어보자고, 인간이란 큰 사고나 경험을 통하여 자신을 돌아볼 계기가 마련되니 그것이 전환점이 될 수도 있는 것이고…… 아버지의 인생에서 전환점은 무엇이었을까? 어머니의 죽음. 아니면 내가 대학에 들어간 순간. 그것도 아니라면 무엇이었을까? 아니지 훨씬 전이었을지도 모를 일이지 어머니와의 결혼 나의 탄생과 같은……

"늘 명랑하고 열심이었던 그가 아주 딴사람이 되어있어 알아보니 그의 아내가 그동안 보내준 돈을 몽땅 가지고 집을 나갔다더군. 당장에 배를 내리려 했으나 사실이면 어쩌나 하는 생각에 두려워서 내리지도 못했다고 하면서 훌쩍이더라고. 일본 항구에 배를 정박했을 때 그의 아내만 오지 않아 짐작하고 있었던 터였기에 그리 놀라지는 않았지만 그의 죽음을 보고 나를 돌아볼 기회가 만들어진 것이지."

아버지가 이런 가족의 해체를 두려워했을까? 생각들이 뒤엉켰다. 유리창 너머에는 수많은 벌레가 꿈틀거리듯 눈이 내렸다. 노인의 다음 이야기가 두루마리의 편지처럼 펼쳐져 보이는 것 같았지만 쉽게 말을 하지 않았다. 마치 자신의 과오를 뉘우치기라도 하듯 눈을 감고 있었다.

시나브로 난로의 열기가 식어가고 있었다. 노인은 난로 앞으로 더는 다가갈 수 없었지만 자꾸만 의자를 당겨 앉았다.

더는 기회가 없을지 모른다는 생각에 자신의 말을 숨김없이 말하라는 표시로 억지로 부스럭대며 난로의 문을 열고 참

마지막 비상구

나무 한 토막을 집어넣었다. 난로 안에서 싸 하는 소리와 함께 여름날 등불 주변에 모여든 하루살이같이 불씨가 흩어졌다.

"바람이 불고 집채만 한 파도에 배가 널뛰기를 하던 어느 날이었지. 멀리서 일본어선이 마치 도깨비불처럼 바다 밑으로 사라졌다 떠오르곤 하였어. 선장이나 모든 선원은 배가 안전하게 물에 떠있기만 기도하면서 파도와 싸우고 있었으니까. 그때 문득 대자연 앞에 자신이 초라하게 느껴지더군. 선장의 외마디 소리와 선원들의 분주한 움직임 파도와 선박의 기울기에 따라 이리저리 움직이고 있었지. 아슬아슬 외줄을 타는 모습이었어. 그때 무슨 마누라 생각이 떠오르겠어. 아이들 생각이 떠오르겠어. 아무런 생각이 없는 거야. 무조건 이 순간 살아야 한다. 그 생각뿐이니 집안 생각을 하는 것도 그 순간에는 사치스런 생각일 뿐이지. 선장은 우현으로 배가 기운다 좌현으로 키를 돌리고 하면서 연속하여 바람의 방향과 파도를 보면서 소리쳤고 키를 잡은 1등 항해사의 신기에 가까운 손을 구석에 앉아서 바라보았네. 나도 항해사지만 이런 날씨에는 키도 최고의 경력자만이 잡을 수 있어. 고함을 질러대던 선장도 어떤 땐 눈을 감더군. 모든 것을 하늘에 맡긴다는 생각이었겠지. 선실의 고정된 기물들도 찌그러지고 빠져

내동댕이쳐지는 날이니 그들은 오죽했겠는가. 배가 수면 위로 솟구쳐 올라 윙하며 공회전하는 스크루 소리를 들으며 침몰하지 않으려 온 힘을 다하는 사람들을 생각해 보게."

말끝에 그때가 두려웠던지 얼굴에 경련이 일었다. 험한 파도보다도 더 강한 뭔가가 자신의 가슴을 억누르고 있다는 듯 가슴에 손을 얹고 깊은 숨을 내쉬기도 하였다.

노인의 모습을 살피며 자세를 바로 잡았다. 폭풍이 지나고 모든 것이 풀린 그날의 기억 끝에 뭔가가 매달려 있을게 분명했다. 얼굴을 바라보기만 하였다. 자신을 뚫어지게 바라보고 있다는 것을 알기라도 하는 듯 긴장된 얼굴의 주름진 계곡을 손가락으로 몇 번 긁더니 눈을 떴다.

"새벽이 되고 동이 막 터 오를 무렵 바람이 거짓말처럼 잔잔해 졌다네. 선원들도 모두 간밤에 불어대던 바람에 지쳐 누워 있었고 선장도 지치긴 했지만 내게 눈짓으로 키를 잡으라고 하더군. 그리고 먼발치에 떠 있는 일본어선을 바라보며 마이크를 통해 소리쳤지. 주낙을 다시 살펴보고 미끼를 끼워. 저기 저놈들 보다 우리가 먼저 간다. 정신들 바짝 차려! 선장의 일성은 단호했고 절도가 있었지. 어떻게 저런 체구에서 저런 말이 튀어나오는지 알 수 없었지만 조업 중 선장의 일성은 곧 법이었고 강한 카리스마가 있어. 모든 선원들은 꾸역꾸역

마지막 비상구

일어나 자기가 하던 일을 하였다네."

눈을 크게 뜨고 마치 앞에 무엇이 있다는 듯 응시하였다. 그의 눈동자는 깊은 우물에 한줄기 빛이 들어와 출렁이듯 빛을 발했다. 병마에 시달린 몸이었지만 이 순간만은 그렇게 보이지 않았다.

"마치 탐욕스런 하이에나가 먹이를 보고 달려가는 꼴이었어. 살아있으니 우린 죽을 때까지 잡아야만 한다는 이치였지. 여기에 가족 때문에 고기를 잡는다는 명분이 있었겠는가? 전쟁터가 따로 없었지. 우리는 그렇게 탐욕스런 항해를 계속했다네. 닻 하나 내릴 곳도 없는 그 남극의 백색바다에서 말이지. 그날 우리는 육백 킬로그램에 육박하는 혼마구로를 여섯 마리나 낚았고, 그 보다 조금 덜 자란 놈까지 합하여 약 백 톤을 잡았다네. 일본사람이 다가와 육백 킬로그램급 혼마구로를 건져 올리는 것을 보고 지독한 사람들이라고 도리질 치더니 나중에는 손을 흔들며 축하해 주더군. 자기들의 이성적인 판단으로는 도저히 조업을 할 수 없다는 생각에서 와 봤을 것이네. 전날의 폭풍으로 만신창이가 된 선원들은 그래도 묵묵히 일을 했다네."

마치 모든 이야기를 끝내려는지 다시 자리를 고쳐 앉고 창밖을 한 차례 바라보았다. 유리창에는 물비늘처럼 출렁거리는 코발트색 어둠위에 붉은 불꽃이 아롱거리고 깊은 그 속에 흰 꽃가루가 뿌려지고 있었다.

"그날은 이상하게도 밤이 깊었으나 잠이 오지 않았네. 선원들 모두는 전날 폭풍과 조업으로 지쳐 깊이 잠이 들었고. 그날따라 잠이 오지 않아 갑판 위에 나가 보름달이 떠오르는 것을 보았네. 그때 보았던 물 위에 떠 있는 것이 김만덕이었지. 폭풍과 싸워 이겼지만 자신의 마음속에 있는 고뇌와의 싸움에서는 진거라네…… 시신을 꺼내 그의 이불로 쌓은 다음 어창에 넣고 다녔네. 도저히 죽은 사람을 이렇게 대할 수는 없는 거라고 말하며 근처에 있는 뉴질랜드 웰링턴 항구에 가서 화장이라도 하고 다니자는 선원들의 말을 선장은 듣지 않았네. 일 개월쯤 지나서 주 부식 보급도 받고 기름도 보급받으려고 웰링턴 항구에 정박하였네. 그때서야 화장했지. 그 일이 있은 후 종종 집으로 연락도 취해보곤 했어……."

깊은 한숨을 내쉰 눈가에서 이슬이 반짝거렸다. 그 이슬은 불빛에 반사되어 붉은 눈물처럼 보였다. 표정에서 자신의 과오에 대한 후회의 눈물이라는 것을 알 수 있었다.

"그때 가정을 지키려고 원양어선을 타지 않은 사람이 많았지. 너무 오래 가정을 비우면 파탄난다는 것을 알잖나. 실제로 주변에서 종종 그런 사람을 보아왔지. 하지만 그럴 리가 없다는 나만의 논리로 자신을 합리화하면서 하루하루를 보냈네. 처음에는 김만덕이처럼 멍청하게 당하지 않겠다는 생각이 마음속에서 지배적이었으나 시간이 지나면서 두려워지는 거야. 만약 내게 똑같은 상황이 닥친다면 어떻게 할 것인가? 라는 물음이 자꾸만 되풀이되더라고……."

그 말을 해놓고 창 쪽으로 발걸음을 옮겼다. 뒷모습은 당당하게 파도와 싸우던 때의 일을 말하던 그 모습이 아니었다. 백발이 아무렇게나 흩어져있고 초라하고 힘이 없어 보이는 한 사람이었다. 어떻게 저런 모습으로 엄청난 파도와 싸워가며 살아왔는지 실감이 나지 않았다.

죽음을 목전에 둔 아버지가 떠올랐다. 병원에서 한 달 남짓 살 거라는 사형선고가 떨어진 뒤였다. 선원으로 하던 일을 마지막까지 해야 한다며 자신이 처한 입장을 아무에게도 말하지 않았다. 죽기 딱 십오일 만에 일을 멈췄다. 누가 봐도 곧 세상을 떠날 사람이라 보지 않았다. 저녁이 되면 집으로 들어와 늘 하던 말을 하였다. 그때 대학을 졸업하고 지역 사회 선원들의 삶의 주기를 파악하는 사례관리자로 있을 때의 일이었다. 직접 아버지의 사례관리자로 늘 답답함이 있었다. 단한 번도 폭풍과 같은 삶을 살지 않았고 그저 주어진 일을 묵묵하고 평범하게 살아온 아버지에 대한 사례관리는 써 낼 수는 없는 일이었다. 하지만 아버지의 마지막은 평온했고 만족스런 모습이었다.

"일본 쓰가루해협에는 작은 배 한 척으로 참치를 잡는 사람들이 있다네. 그들은 남극과 같은 먼 바다는 절대 나가지 않는 어부들이지. 회유어종인 참다랑어가 그곳으로 오는 시기를 기다려 주낙을 내리지 우리처럼 탐욕스럽게 잡지 않아. 미끼를 끼운 주낙 200여 미터를 8노트 정도로 끌면서 참치가 다가와 물기를 기다리는 것이야. 1년이 다 되어도 한 마리 낚지 못하는 어부도 있다니까? 물론 우리와 같이 남극까지 가던 사람도 있기는 하지. 하지만 대부분의 참치잡이 어부들은 그렇게 한다네. 바람이 불면 바닷가 집에서 쉬고 친구들과 농담이나 하면서 어쩌다 한 마리가 낚이면 참치 내장으로 친구들과 잔치를 하고, 심장은 따로 떼어 집안에 있는 식구들에게 참치잡이를 자랑삼아 이야기하며 먹이고, 전리품으로 지느러미 한쪽을 떼어 집안 잘 보이는 곳에 걸어 둔다네. 참치잡이 어부의 직업을 운명으로 생각하며…… 배에서 내려 집에 도착해보니 집안은 말이 아니었어. 김만덕이와 똑같았다네. 처음에는 허무했으나 그럴 수 있다 생각해서였는지 곧 자업자득이라는 단어가 떠오르더라고 탐욕이 무엇인지 알았고. 하하하……."

마치 인생을 달관했다는 듯 노인의 얼굴에 허망한 미소가 번져 있었다. 그때 아버지도 어부였다는 말을 하고 싶었지만 그 말은 입 밖으로 나오지 않았다.

　아버지는 이 노인이 깨닫지 못한 어부라는 운명을 알고 있었을까? 그래서 차마 먼 해양으로 떠나지 못한 것일까? 어머니의 죽음으로 위태해진 나의 미래를 위해 떠나지 못했던 것은 아닐까? 의문은 꼬리를 물었다.

　얼마 후 노인의 사례관리를 마무리하고 아버지의 것도 마무리하였다. 완성지를 분석가에게 넘기고 노인을 찾았으나 노인은 이미 세상을 떠난 후였다. 그 길로 공동묘지에 묻혀 있는 부모님을 찾았다. 찬란하고 시린 햇살이 산허리에 걸려 아우성치며 넘어오고 있었다.

어도 가는 길

1

군산에 다다르자 바로 앞도 보이지 않는 극심한 해무가 마치 수백만 송이의 치자꽃이 유리상자 안에 가득 채워진 느낌이었다.

'군산만 도착하면 이렇단 말이야.'

운전사는 혼잣말로 툴툴대며 진한 회색을 덧칠한 공간으로 조심스럽게 버스를 몰았다.

차창 밖은 온통 아무것도 보이지 않는 회색 상자 속 같았다. 간간이 해무의 터진 틈으로 보이는 건물은 몸집이 큰 공룡의 모습으로 스쳐 지나갔다.

지나치는 도시의 퇴색된 건물은 고용위기지역이라는 선입견 때문인지 첫인상부터 무거운 느낌을 절로 받게 했다.

간간이 스쳐 지나가는 것 중에는 공사 중인 고가크레인이 키 큰 초식공룡의 형상으로 아무렇지 않게 지나가는 버스를 바라보고 있었다.

각이진 육중한 건물은 육식공룡처럼 버스가 지나감에 따라 집어삼킬 무엇을 발견했다는 듯 무거운 몸을 서서히 일으켰다. 버스는 몸을 움츠리고 그 사이를 조심스럽게 지나갔다. 그때마다 나윤도 몸을 움츠렸다.

곧 차가 터미널에 도착한다는 차내 안내방송을 듣고 내릴 준비를 하며 한숨을 길게 내쉬었다. 생각 없이 버스를 타고 이곳까지 오긴 했는데 마땅히 갈 곳이 떠오르지 않았다.

버스에서 내려 터미널 대합실에 표기된 관광지를 살펴보다 지금 어디에 위치해 있는지조차 알 수 없어 생각 없이 대합실을 빠져나와 무작정 발길이 닿는 대로 걸었다.

해무는 차에서 보았던 것보다 훨씬 진하였다. 마치 온 도심에 뿌연 물감을 풀어 놓은 듯 지척도 분간하지 못할 정도였다.

해무가 깊게 내려앉은 군산은 서울의 한적한 변방처럼 고요하게 잠들어 있었다. 핸드폰을 꺼내 시간을 보았다. 아침 7시였다. 서울 같았으면 많은 사람들이 분주하게 하루를 준비하는 시간이었다.

무심코 걷고 있을 때 바로 앞에 철길마을이라는 안내 표지판이 있었고 그 아래에는 퇴색된 주위 환경과는 다르게 노란색 페인트로 깔끔하게 칠하여진 나무벤치가 있었다.

갈 곳을 정해야겠다고 생각하여 나무벤치에 앉아 여러 장소를 떠올려보았다. 마땅한 장소가 생각나지 않았다.

한동안 그렇게 앉아있다 아무런 생각 없이 이곳으로 오게되었다는 것을 떠올리며 어디로 가야 할지 해무 속을 두리번거렸다.

꿈속에서 길을 잃어버려 헤매던 것처럼 도무지 갈 곳이 떠오르지 않았다. 깊은 해무 속이라 그런지 도시가 더욱 낯설게 느껴졌다.

눈을 감았다. 생각하기도 싫은 지난 세월이 흑백 스크린의 정지된 장면처럼 한 장면 한 장면 떠올랐다.

'아.'

신음소리가 나왔다.

긴 세월이었지만 시간은 바람처럼 흘러갔다.

행복했던 지난 시간이 그리워서였든지 남편의 정겨운 모습과 지희의 유년시절이 자꾸만 보였다.

남편이 먼 여행길로 떠나자 모든 것을 혼자서 결정해야 한다고 다짐하고 또 다짐했지만 혼자서 결정해야 하는 삶은 그리 녹록하지 않았다.

삶에 지쳐 모든 것을 내려놓고 싶었지만 주변을 생각하면 그것도 그리 쉽게 되지 않았다. 혼자인 지희가 가장 큰 걸림돌이었다.

무작정 발길이 닿는 곳으로 가자고 생각하고 벤치에서 일어나 앞으로만 걸었다. 깊은 해무 속을 걸으며 새벽에 떠나온 서울을 떠올려보았다.

오늘 새벽에도 딸은 출근하려고 온 방을 뒤적였다. 그러다 출근시간이 임박했는지 결국 아무것도 먹지 않고 서둘러 전철역으로 떠났다.

딸이 측은하기도 하고 미안하기도 하여 무작정 딸이 타는 전철역으로 들어갔다. 새벽인데도 전철역에는 사람들이 많았다.

딸을 찾아보려고 전철역 구내를 살펴보아도 딸은 벌써 떠났는지 사람들 속에서 보이지 않았다.

지하철 전동차 안에서 밖을 바라보고 있으면 마음이 풀린다는 것을 그간의 경험에서 잘 알고 있는 터라 생각 없이 멈추어 있는 전철을 탔다.

고속으로 달리는 지하철 전동차가 가끔씩 지하를 벗어나면 아직 어둠이 물러가지 않은 시퍼런 도심이 보였다.

　나윤은 언제부터인가 새벽의 공간이 섬뜩할 정도로 시퍼렇게 느껴졌다. 마음이 산란할 때면 그 색깔은 더욱 진하게 느껴졌다.

　전동차 안의 사람들을 살펴보았다. 거의 모든 승객들은 일상이 고단한지 무표정한 모습으로 눈을 감고 있었다.

　사람들의 모습과 출근한 딸의 지친 모습을 생각하고 있을 때 고속버스터미널이라는 안내방송이 나왔다. 그 소리가 마치 이곳에서 내리라는 음성으로 들려졌다.

　생각 없이 고속버스터미널역에서 내려 마치 이정표가 있는 사람처럼 고속버스터미널 안으로 향했다. 지하도 입구가 입을 쩍 벌리고 뭔가 나오기기만 하면 잡아먹으려고 기다리고 있는 것 같았다.

　한동안 망설이며 그 모습을 바라보다 지하도를 빠져나와 사람들 틈에 끼어 걸었다. 밀물처럼 사람들이 밀려와 어디론지 흩어졌다.

　이정표도 정해지지 않은 자신의 모습을 떠올려 보다가 문득 눈앞을 바라보았다. 뿌연 간판 사이로 검은색 글씨가 보였다. 호남선이었다.

　마치 이정표를 정하고 찾아온 사람처럼 서둘러 개표구로

가서 군산행 차표를 구입하여 버스에 올랐다. 새벽 첫차였다. 버스는 기다리고 있었던 것처럼 타자마자 출발하였다.

새벽 첫차라 버스 안은 텅 비어 있었다. 차창 가에 앉아 창밖을 바라보았다. 아직 어둑한 새벽 시간이었지만 사람들은 분주하게 도심을 걸었다. 무언가를 위해 바쁘게 걷고 있는 사람들을 바라보았다.

'그래 저 사람들은 갈 곳이 있어. 이렇게 죽어 있는 사람처럼 살고 있는 것이 무슨 의미인가.'

버스 안에서 혼잣말을 하고 눈을 감았다. 그사이 버스는 어느덧 군산에 도착하였다.

2

멀리서 깊은 해무에 윤곽만 보이던 육중한 사각의 건물에서 노란 불빛이 쏟아져 나왔다. 그 불빛은 다가감에 따라 괴수처럼 섬뜩하게 눈을 끔벅이며 바라보고 있었다.

불빛을 잠시 동안 서서 바라보다 다시 걸었다. 깜박거리던 불빛은 가까워짐에 따라 글씨로 변하였고 그 글씨는 진한 해무 속에서도 또렷하게 자기를 들어내고 있었다.

'이마트……'

자기도 모르게 조그맣게 소리 내어 읽었다. 딸이 서울에서

마지막 비상구

시급으로 일하고 있는 회사였다.

딸은 대학을 졸업하고 취직을 하려고 이곳저곳 이력서를 냈지만 번번이 떨어졌고 마땅히 갈 곳도 없었다.

결국은 취직이 될 때까지만 있겠다며 이마트에 임시직으로 들어가 그곳에서 밤늦도록 일을 하고 집에 들어오면 서둘러 취업을 준비하는 공부를 하였다.

어제저녁에도 딸은 늦게 들어와 짜증을 부리며 자기 방으로 들어갔다. 딸이 회사에서 어떤 좋지 않은 일이 있었구나. 라고 생각했으나 무슨 일이 있었는지 알아볼 엄두도 내지 못하고 딸의 뒷모습을 바라보기만 했다.

거실의 창문가에 서서 잠들어 있는 서울을 바라보며 딸의 일들을 떠올려보았다. 응석부리 딸이 언제 저렇게 자랐는지 세월은 빠르게 흘러갔다. 자식이라고는 딸 하나였기 때문에 남편의 사랑을 독차지하며 자란 딸이었다.

남편은 성실하게 자기 일을 하였고 딸도 커감에 따라 공부도 열심히 하여 학교에서의 성적은 늘 상위권이었다. 그때 부자는 아니었지만 늘 행복한 나날이었다.

행복은 그리 오래가지 않았다. 행복을 무언가가 시샘을 하고 있었던지 가업으로 삼고 있던 섬유공장에 먹구름이 끼기 시작하더니 결국은 파산하고 말았다.

남편은 파산한 가업을 다시 일으켜 세우려고 백방으로 뛰어다니며 노력하였으나 결국은 희망이 없다는 것을 판단하고 영원히 돌아오지 못할 곳으로 말 한마디 없이 떠났다. 그때 딸은 대학교 졸업반이었다.

남편의 일로 인하여 명랑하던 딸이 우울해졌다. 늘 집안의 생기를 불어넣어 주던 딸이 그때부터 말을 잃었다. 말없이 시급으로 일하는 회사에 가고 말없이 퇴근하여 자기 방으로 들어갔다.

딸을 바라보고 있으면 마치 소득도 없이 반복적으로 일을 하는 시시포스처럼 늘 고단한 행동을 하고 있어 슬펐다.

딸이 자기 때문에 불행한 뫼비우스의 띠 속에 갇혀 살고 있다 생각되어 미안함에 말을 붙여보려고 하여도 딸은 매번 똑같은 대답이었다.

"엄마 나 피곤해."

단호하게 그 말만하고 자기 방으로 들어가 버렸다.

나도 우울하고 힘든데 딸은 오죽하겠나 싶어 마음속으로 현실을 이해해야 한다며 자기합리화를 하였다.

늘 집안이 무거운 분위기였다. 집안은 앞뒤가 꽉 막힌 유리로 만든 비좁은 상자 같은 곳으로 변해버렸다.

3

시간이 지남에 따라 밝아왔으나 해무는 쉽게 사라지지 않았다. 바람의 도시로만 알고 있던 군산이 해무의 도시였다고 혼잣말을 하며 무작정 발길이 닿는 대로 걸었다.

해무 속에서 마치 깊은 물속에 빠져 허우적이는 사람처럼 앞만 보고 생각 없이 걸었다.

한동안 걷고 있을 때 이정표가 눈앞으로 다가왔다. 바라보니 그 곳은 금강하구둑이었다.

깊은 해무 속에서도 걷고 있는 좌측이 바다라는 것을 알 수 있었다. 버스에서 내렸을 때의 비릿한 바다 냄새가 이곳에서는 더욱 진하게 코를 자극하였다.

강변을 따라 걸었다. 치자빛 강의 하구에는 냄비 안 끓는 물의 수증기처럼 해무가 피어올랐다.

'그래 지금껏 세상의 깊은 바다에 빠져 허우적이고 있었어. 언제쯤 이 허우적이는 세상에서 벗어나게 될지…… 이제는 모든 것을 놓아버리고 싶어. 이렇게 아무것도 보이지 않는 이 곳이 가장 적당한 장소 같아. 이런 공간에서 흔적도 없이 어디론지 떠났으면…….'

혼잣말을 하며 걸었다.

아침 운동을 하는 사람들이 마치 연극 속 어두운 장막에서 갑자기 등장하는 사람들처럼 불쑥불쑥 나타났다 아무렇지 않게 사라졌다.

문득 홀로 떠나간 남편을 생각해 보았다.

전화 연락을 받고 정신없이 뛰었다. 집 근처 소공원 주차장에 초라한 남편의 차가 주차해 있었고 그 안에 남편이 있었다.

아침에 출근하던 수척한 남편의 얼굴이 아니었다. 그곳에서 본 남편의 얼굴은 차라리 편안한 얼굴이었다. 순간적으로 죽음은 저렇게 편안한 것인가 하고 생각이 들 정도였다.

곧 주변에서 사진을 찍던 경찰 두 명이 남편을 차에서 끄집어내고 있었고 곧 들것 위에 남편을 눕혔다.

들것 위에 초라하게 누워 있는 남편의 모습을 바라본 순간 눈물조차 흐르지 않아 한동안 남편의 얼굴만 바라보고 멍하니 그 자리에 서있었다.

아무것도 할 수 없었다. 아니 어떻게 해야 할지 도무지 아무것도 떠오르지도 않았다. 지금 앞에서 벌어지고 있는 모든 일들이 꿈을 꾸고 있는 것이라고 느껴졌다.

"김나윤 씨 맞죠? 이분이 남편인가요?"

경찰이 다가와 남편을 바라보고 사무적으로 말했다. 전화기에서 들었던 그 목소리였다.

"네."

남편을 바라보며 죄인처럼 조그맣게 말하고 고개를 끄덕였다.

"차안에 연탄불을 피웠네요."

경찰은 표정을 보아가며 차분하고 냉정하게 말했다.

딸은 남편 옆에 주저앉아 절규했다. 눈을 뜨라고 소리치며 누워있는 남편을 흔들었다. 그런 딸의 헝클어진 머리를 바라보며 마치 남의 일처럼 그대로 서있었다.

딸의 울음소리가 위험에 처한 가냘픈 작은 새의 날카로운 비명처럼 소공원에 메아리치고 다녔다. 그때까지 넋이 나간 사람처럼 그대로 서서 그 광경을 바라보고만 있었다.

"이러시면 안 됩니다."

경찰이 절규하는 지희를 말렸다.

"아니에요 우리 아빠는 죽지 않았어요. 절대로 이렇게 가실 분이 아니에요. 아저씨 우리 아빠를 빨리 병원으로 모셔야죠."

지희는 한동안 남편 옆에 주저앉아 울었다.

그때까지도 현실이 무엇인지 주변이 온통 까맣게 칠하여진 사각의 상자 안에 갇혀있어 꼼짝할 수 없는 사람처럼 서있었다.

"이분이 남편 맞지요."

경찰이 가까이 다가와 다시 확인하듯 그 말을 하자 혼미한 정신이 돌아왔다. 하지만 주변이 온통 검은 장막이 드리워져 있는 것처럼 까맣게 물들어 있었다. 누군가가 공간에 검은 물감을 칠해 놓은 것 같았다. 눈앞에 아무것도 보이지 않았다. 오직 남편 옆에 있는 딸의 헝클어진 긴 머리칼만 보였다. 지희는 한동안 주기적으로 어깨를 들썩였다.

"네."

겨우 대답을 하고는 그대로 쓰러졌다.

깊은 꿈을 꾸었다. 꿈속에서 깊은 호수에 빠져 무엇이든 붙잡고 빠져나오려고 안간힘을 썼다.

그때였다. 손에 무엇이 잡혀 물속을 헤쳐 나오려고 할 때 지희의 울음소리가 메아리처럼 멀리서부터 차츰 가깝게 들려왔다.

"지희야, 이곳이 어디냐? 왜 울어?"

눈을 떴을 때 하얀 침대 위에 누워있는 자신을 발견할 수 있었다.

"엄마 정신이 들어?"

지희는 곁으로 바짝 다가와 얼굴을 만지며 말했다.

"왜 내가 이곳에 있는 거니? 일어나야지. 아빠는?"

그 말에 딸은 눈물을 흘리고만 있었다.

눈을 감고 생각해 보았다. 뿌옇게 남편의 일들이 파노라마처럼 흑백 영상으로 펼쳐져 보였다.

침착해야 한다며 터져 나오는 눈물을 이를 악물고 참았다.

딸은 옆에서 흑흑대며 울음을 애써 목구멍으로 삼키고 있었다.

"울지 말고 나를 일으켜 줘라."

겨우 그 말을 하고 지희의 부축으로 침대에서 일어나 앉았다.

마냥 슬퍼만 하고 있을 수 없었다. 냉정하게 사태를 수습해야 한다는 생각뿐이었다.

경찰관의 간단한 조사 그리고 장례 절차를 숙지하고 남편을 화장해 납골당에 안치하였다. 짧은 시간이었지만 몇 년이 흐른 것처럼 길게 느껴졌다.

광풍처럼 시간이 흘렀다. 명랑한 딸의 활기찬 모습 때문에 집안이 밝았지만 폭군 같은 사건은 모든 것을 엉뚱한 곳으로 몰아넣었다.

늘 집안은 어둡고 무거웠다. 지희도 말을 잃었다. 대학 졸업식에도 가지 않았고 늘 취업을 준비한다는 명목으로 밤늦게 들어왔다. 공무원을 준비하던 딸이 시험을 마치고 여러 곳에 이력서를 내고 연락을 기다리고 있는 것 같았다. 취업이 어떻게 되었는지 말할 엄두도 나지 않았다. 오늘 아침에도 그랬다.

4

온통 뿌옇던 해무가 강변을 서성거리다 시나브로 주변이 환해져갔다. 해무가 물러가자 강바닥이 진회색을 칠해 놓은 것처럼 속살을 드러내었다.

긴 강둑을 걸으며 사람들의 표정을 살폈다. 사람들은 일념으로 자신의 건강을 위하여 걸었다. 손을 거세게 흔드는 사람도 있었고 빠른 걸음으로 걷는 사람도 있었다. 간간이 자전거를 타고 바람처럼 빠르게 스쳐 지나가는 사람도 있었다. 그들은 하나같이 무표정한 모습으로 지나쳐 갔다.

얼마를 걸었는지 알 수 없었다. 그때였다. 작은 공원이 길을 막았다. 해무로 아무것도 보이지 않던 것과는 대조적으로 소공원이 가을 햇살을 받아서 더욱 투명하게 보였다.

소공원 안으로 들어가자 소공원 중앙쯤에 조형물인 진포대첩기념탑이 있었다. 검은색 표면을 만져보니 촉감이 서늘했다. 체온을 전달하고 싶어 오랫동안 손바닥을 펴서 청동조각에 대고 그대로 서있었다. 얼마쯤 지나자 손의 온기가 그대로 조형물에 전달되어 서늘한 감각이 없었다.

청동과 화강석이 조화를 이룬 탑이었다. 하늘을 향해 포신이 겨누고 있는 형상은 구름 한 점 없는 하늘에 파문을 일으키려고 잔뜩 긴장하고 있는 형상이었다.

한동안 진포대첩기념탑 앞 돌계단에 쭈그리고 앉아 지나간 세월을 생각해 보았다.

남편이 떠나고 거의 매일 남편의 유골상자가 있는 납골당에 다녀왔다. 남편에게 의지하며 모든 삶을 살아온 터라 남편의 빈자리는 너무도 컸다.

남편이 떠나고부터는 모든 일을 남편의 유골상자가 있는 납골당을 다녀오고서야 할 수 있었다. 그래야 남편이 옆에 있는 느낌이 들었다. 지희는 그런 엄마를 걱정스런 눈으로 바라보았다. 어떤 때는 쉽게 아빠를 잊어버리고 자기 일을 열심히 하는 지희가 미웠다.

가혹한 현실을 견딜 수 없어 언젠가는 여러 약국을 돌아다니며 모아놓은 수면제 한 움큼을 먹었다. 누군가의 울음소리를 듣고 눈을 떴을 때는 병원이었다. 옆에는 지희가 있었다.

"엄마 왜 그랬어. 나는 어떻게 살라고."

눈을 뜨자 지희의 첫 마디였다.

"미안하구나."

그때서야 정신을 차릴 수 있었다.

"그런데…… 엄마는 세상이 싫어 영원히 잠들고 싶었단다. 엄마는 너무 지쳤다. 그리고 지금이 너무도 힘들구나."

그 말을 하고 다시 깊은 잠에 빠졌다.

꿈속에서 지희의 유년시절 행복했던 여행이 보였다. 치자 꽃 향기가 가득한 들판에서 뛰어 놀고 있었고 남편과 함께 지희를 바라보며 잔디밭에 앉아있었다.

치자나무에 수많은 흰 새가 앉아있었다. 흰 새는 만발한 치자꽃이었다. 키 작은 지희는 치자꽃을 만져 보려고 자꾸만 손을 벌렸다. 남편이 다가가 지희를 앉고 꽃을 만져보게 하였다. 지희는 꽃을 볼에 대고 행복한 표정으로 까르르 까르르 웃었다.

그때부터 집안의 기념일에 남편은 어디서 구해왔는지 치자꽃을 한아름씩 안겨주었다. 치자꽃은 늘 우리 가정에 행복을 상징하는 꽃이 되었다.

지희는 무기력증에 빠져있는 엄마를 생각해 자기가 무엇이든 해서 가정을 꾸려 나가야겠다고 생각했는지 동분서주하였다.

나윤은 삶에 자신을 잃었고 한없이 나약하여 이런 상태로

마지막 비상구

세상을 살아갈 까닭이 없다는 생각만 했다. 죽는 것은 두렵지 않으나 늘 죽음 앞에서 지희가 문제였다.

자리에서 일어나 강변으로 다시 걸어갔다. 흰 새들이 나윤의 생각을 알기라도 하듯 슬픈 소리로 울며 머리 위에서 맴돌았다. 갈매기였다.

얼마쯤 강변을 걷자 사람이 실족하지 않도록 울타리가 설치되어 있었다. 울타리를 따라 물소리가 들려오는 곳으로 걸어갔다.

육중한 콘크리트 수문이 일직선으로 길게 펼쳐져 있었고 그 위를 자동차들이 달렸다. 가까이에 철길이 있는지 기차의 무거운 발짝 소리도 들렸다.

강변이 끝나는 곳에 다다르자 어도라는 푯말이 있었다. 물고기들의 왕래를 돕는 곳이었다. 수문으로 물길이 막히자 회유성 물고기들이 모천을 찾아갈 수 있도록 설치해 놓은 곳이었다.

어도 끝에 서서 물길로 오르는 물고기들을 바라보았다. 깊은 물속에서 섬뜩하게 은빛 비늘이 지나다녔다. 마치 예리한 칼날이 뭔가를 베고 지나가는 것 같았다.

은빛 비늘이 지나갈 때마다 예리한 칼날이 자신에게로 향하는 것 같아 소스라치게 놀라곤 하였다.

한동안 물고기들이 힘겹게 모천을 찾아가는 모습을 바라보다 멀리 갯벌을 바라보았다.

멀리서부터 수백만 송이의 하얀 치자꽃 뭉치가 서서히 다가오고 있었다. 밀물이었다.

점점 더 가까이 다가오는 물길을 바라보며 혼자 중얼거렸다.

'우리 가족의 행복을 상징하던 아름다운 치자꽃 수백만 송이가 밀려오는군.'

곧 어도 앞으로 치자꽃 뭉치가 켜켜이 쌓여 거대한 콘크리트 구조물 앞에서 더는 갈 수 없다는 듯 아우성치고 있었다. 뿌연 탁류여서 그런지 더욱 치자꽃처럼 보였다.

포만감이 가득한 강물을 바라보고 있으니 강물 위에 남편의 얼굴이 선명하게 떠올랐다. 남편은 치자꽃 한 다발을 들고 웃으며 바라보고 있었다. 남편이 있는 강물로 뛰어 들고 싶었지만 철재 울타리가 가로막았다.

한동안 남편을 바라보다 정신을 가다듬고 핸드백을 뒤적여 늘 지니고 다니던 한 쌍의 결혼반지를 꺼냈다. 남편을 화장할 때 화장장이가 남편 손가락에서 겨우 빼낸 결혼반지였다.

"이건 불에 들어가면 형체도 남지 않아요."

화장장이는 슬픈 눈으로 바라보며 반지를 건네주었다.

　　　　　　　　　　　　　　　　　마지막 비상구

그때부터 끼고 다니던 결혼반지를 빼내어 남편 것과 한 쌍으로 묶어 핸드백에 넣고 다녔다. 그렇게라도 하지 않으면 남편과 영영 만나지 못할 것 같아서였다.

한동안 두 개로 묶여있는 반지를 뚫어져라 바라보다 남편이 들고 있는 치자꽃 다발 위로 던져버렸다. 반지는 자그마한 파문을 그리며 치자꽃 더미 속으로 빨려 들어갔다.

반지를 받은 남편의 얼굴이 물결 위에서 점점 일그러져 보이더니 사라졌다.

'여보 미안해요.'

갑자기 눈물이 핑 돌았다.

생각없이 반지가 사라진 치자꽃 더미를 바라보고 있을 때 전화벨이 울렸다.

"엄마 거기 어디야?"

지희였다.

"어딘지 모르지만…… 그냥 왔다."

"……."

지희는 뭔가를 생각하는지 한동안 말을 하지 않았다.

"군산이라는 곳으로 첫차 타고 왔단다."

말이 없는 지희를 생각해 제법 상세하게 말했다.

"그곳에 왜갔어?"

"……."

마땅한 말이 떠오르지 않았다.

"엄마 말해 봐."

눈물을 흘리는지 지희의 목소리가 떨렸다.

"난 괜찮아. 그냥…… 어도를 보러왔어."

할 말이 없어 그렇게 말하고 긴 한숨을 몰아쉬었다.

"엄마. 나 이번 공무원 시험에 합격했어. 방금 연락을 받았어. 다음 달부터 출근하라는 거야."

목소리는 떨렸지만 그 속에는 활기가 있었다.

눈물이 핑 돌았다.

지희는 공무원 시험을 보았는데 자신이 없다고 말하며 실망했었다.

"그래. 축하한다. 그리고 이렇게 살고 있는 엄마가 미안하다."

그 말 밖에는 할 말이 없었다.

"엄마 빨리 와 자장면 사줄게."

지희는 그 말을 하고는 전화를 끊었다.

만조가 된 하구에는 만발한 치자꽃 수백만 송이가 출렁대고 있었다.

어도에는 물고기들이 힘차게 뛰어 오르고 있었고 그 모습

마지막 비상구

을 어디서 날아왔는지 흰 백로가 어도의 턱에 앉아 붉은 눈으로 바라보고 있었다.

'그래 수백 리의 물길을 거슬러 오르는 저 물고기들도 마지막까지 힘을 다하지 않으면 저 백로의 먹이가 되는 것이지……'

혼잣말을 하며 그 자리를 벗어나 터미널 쪽으로 힘차게 걸어갔다.

그때서야 투명하게 보이는 강 건너 장항이 눈에 들어왔다.

군산 시가지를 바라보니 푸른 산과 조화로운 건물들 사이로 찬란한 해살이 금실처럼 뿌려대고 있었다. 강물 위에는 수백 마리 물고기들의 은빛 비늘처럼 물비늘이 반짝거렸다. 바닷바람은 사납지도 않고 부드러웠다. 바다 냄새가 마치 치자꽃 향기처럼 달콤했다.

소 잡는 날

　한번으로 일을 끝내야 쓴 당게 여러 번 찍는다면 소도 아플 것이고, 단번에 끝내지 못헌다면 사람들이 뭐라 허것어 전문가라고 자칭하던 놈이 글쎄 한방에 보내지 못했다고 쑤근댈 거 아녀. 그리고 그려 미국 놈들은 총으로 아파 고통스러운 말의 머리를 쏘잔여. 그런 것과 같은 맥락이랑게. 내 손을 좀 봐. 이 망치로 소를 수백 마리는 죽였을 거여. 백정은 망치를 들어 보이며 자랑삼아 말했다.

　도명은 자기의 팔 전체를 이용하여 긴 원을 그리고 있는 백정의 살기에 번득이는 눈과 팔의 동선을 바라보았다. 일원상을 그리는 듯하여 절로 눈살을 찌푸리게 하였다. 도명은 생각했다. 그래 모가 나지 않아서 부드러운 거야, 부드러운 것은 가장 큰 힘이 있는 것이고 그 힘이라는 것은 에너지인데 에너지가 퍼져나가는 것이지. 그렇기 때문에 저렇게 작은 은빛 망치로 저렇게 큰 소를 쓰러뜨리는 거야. 저놈은 그 원의 비밀을 알 턱이 없지만 말이지. 나도 모르긴 마찬가지야 원의 비밀 속에 진리가 있다고는 하지만 아직 발견하지 못하고 이렇게 수행을 하고 있지 않은가 선과 같을지 몰라 어느 날 갑자기 찾아올지도…… 생각을 마친 도명은 자리를 비켰다.

이윽고 소가 끌려 들어왔다. 백정은 망치에 티끌이라도 있는지 자기 소매로 망치를 문질렀다. 창고의 열림과 동시에 빛이 들어와 은빛망치가 마치 백금처럼 빛을 반사하였다. 소는 머뭇거리지 않았다. 그저 포기한 듯 왕방울만한 눈을 끔벅거릴 뿐이었다. 도명은 스웨덴의 투우를 생각하며 혀를 찼다. 멍청하긴 투우처럼 용감하게 주위의 공기에 내가 있다 아직 살아있어 라고 하면서 에너지를 불어 넣으란 말이야. 하지만 도명의 생각대로 소는 움직여 주지 않았다.

코에 매인 끈을 백정 앞에 건네는 절차가 막 끝나가고 있었다. 소는 낯선 인간의 살의를 알았는지 잠시 끌려가지 않으려고 발을 움직이지 않았으나 큰 눈으로 주위를 한번 둘러본 소는 이내 체념한 듯 백정의 지시에 따라 움직였다. 그때 도명은 확실히 보았다. 소의 큰 눈이 얼마나 순한 모습이며 얼마나 담담한 모습인가? 도명은 문득 힘이라는 단어를 생각했다. 그래 힘은 내가 생각한 것과는 차원이 다른 것이지 어쩌면 저 소처럼 체념할 줄 아는, 자기를 포기함으로써 자기의 피와 살 그리고 뼈가 또 다른 종족의 생명을 이어주게 하는 것이니까. 이어줌이 얼마나 큰 힘이고 얼마나 큰 에너지인가 저 소는 다른 종족에게 그 에너지를 제공하려고 저렇게 순하디 순하게 따라가는 것이지. 도명은 그렇게 이해하며 자기를 합리화하였다.

뿔 위를 지나친 누런 광목조각은 소의 눈을 가렸다. 소의 눈이 가리기 전 찰나의 순간에 소의 눈을 바라보았다. 두려운 눈빛이 스치고 지나갔다. 그래 내가 생명의 존엄성을 가지고 너무 자의적인 해석을 하였어. 도명은 홀로 염불을 하듯 들리지 않을 목소리로 중얼거렸다.

한쪽 뿔을 잡은 백정은 망치의 끝을 한번 바라보더니 망설임 없이 원을 그렸다. 부드럽게 그려진 원이었다. 언젠가 사진을 찍기 위해 우리들이 손등으로 부드럽게 일원상을 만든 것과 흡사한 그림이 연출되었다. 허공에서 힘을 상징하듯 망치가 원운동의 동선 속에서 순간 반짝 빛을 발하였다. 사람들은 그 광경을 바라보았다. 소의 마지막이 백정의 손에서 연출되었지만 사람들의 눈빛은 두려움이나 슬픈 그리고 동정의 눈빛은 없었다. 그저 쓰러진 소가 해체되는 다음 광경을 상상하면서 몇 점의 고깃덩이의 맛을 상상하고 있을지 모를 일이었다.

도명은 고향 통영의 바닷가를 생각했다. 남해의 푸른 물결과는 전혀 다른 인상의 선창이었다. 늘 생선 비린내가 진동하는 곳이고 생선의 내장이 흩어져 있는 곳이라 잘 가지 않았지만 언젠가 아버지를 따라 갔던 기억이 있었다. 입항하던 선박들이 안벽에 정박하려고 뱃머리를 들이 밀었을 때 안벽에 뱃머리가 부딪쳤다. 아버지는 그때 내게 말했었다. 저렇게 배가 안벽에 닿는 힘이 얼마나 큰지 알아 만약에 저속에 쇠를 넣으면 으스러지고 말아. 그때도 둔탁한 소리였다.

힘이 내장되어 있는 소리가 맞았다. 그때의 소리처럼 일순간 퍽 소리가 들렸다. 작은 원이 소리가 난 쪽에서 수없이 굴절되어 창고의 벽을 때리는 것 같았다. 그래 저 굴절의 소리를 듣기 위해 내가 이렇게 있는 것이지, 만천하의 백성들에게 전해질 일원의 힘의 굴절이야. 도명은 순간적으로 귀를 막았다. 더 이상의 살의의 공기와 소리를 느끼지 않으려고 했다.

이어 백정은 소의 뿔을 놓고 자연스럽게 소가 쓰러질 수 있도록 자리를 몇 발짝 옮기고 탁자 위에 망치를 내려놓았다. 그 순간을 기다렸다는 듯 산등성이와 같은 흙소는 스르르 작은 원을 그리며 백정이 있던 지리로 무너졌다.

도명은 절명의 순간까지 모든 게 원이었다는 것을 느끼며 눈을 감았다. 그래 내가 찾는 것도 그 진리도 역시 그것이었어…… . 도명은 펄럭이는 만장을 앞세우고 동산 위를 지나가던 아버지의 여행길이 떠올랐다. 사람들의 묵묵한 발걸음 그리고 나의 눈물 어쩌면 그 묵직한 소리의 여운이 지금 내 이 순간에 들리는 아버지의 여운인지도 모르지. 도명은 사람들의 시끄러운 소리에 눈을 떴다.

백정은 아직 다리를 떨고 있는 소를 내려보며 득의에 찬 모습이었다. 자신이 이번도 해냈다는 듯 주위에 있는 사람들을 돌아보며 입가에 가득 미소를 흘렸다. "어이 이 사람아 그렇게 바라보고만 있으면 안된당게." 백정의 한방에 집체만한 소가 쓰러진 후 백정의 조수로 보이는 한 사람은 신기에 가까운 기술을 보았는지 쭈그리고 앉은 자세로 입을 벌리고 있었다. 그의 앞에는 숫돌이 있었고, 은색으로 빛나는 여러 자루의 칼이 놓여 있었다.

그거 가좌 백정이 눈짓으로 칼을 가리켰다. 조수는 백정의 눈을 알아차리고 끝이 날카롭고 긴 칼을 가져다주었다. 이 사람 칼끝을 내게로 향허면 어떻혀. 자네 사수될라면 멀었어. 칼끝을 잡은 백정은 소의 목덜미를 흔들었다. 숨이 끊어지기 전에 피를 뽑아야 쓴당게. 백정은 그 말을 끝으로 소의 목에 칼을 집어넣었다. 동작이 너무나 부드러웠다. 쇠가죽 같은 놈이라든지 쇠심줄 같은 놈이라든지 하는 말이 질기다라는 표현이지만 적어도 이 순간만큼은 맞지 않는 언어였다. 찌르는 것과는 전혀 다른 이미지가 연출되고 있었다. 그냥 목덜미로 칼이 빨려 들어갔다라는 표현이 맞을 듯싶었다.

가져와. 백정이 급하게 말을 하자 조수가 깜짝 놀라며 수대를 가져왔다. 수대를 칼자루 끝에 대자 백정이 칼을 뽑았다. 순간 피가 칼끝을 따라 흘러나왔다. 소가 마지막 숨을 몰아쉴 때마다 마치 지하수 물구멍에서 물이 쏟아지듯 콸콸 쏟아졌다. 붉은 피였다.

도명은 쏟아지는 피를 보며 총부 숙소 앞 정원에 심어 있는 흑장미를 떠올렸다. 공부를 하면서 고향의 가족과 윤 교수가 떠오르면 늘 잊기 위해 버릇처럼 장미를 바라보았다. 그때 장미가 상할까봐 가까이에서 향기도 맡지 않았다. 그래 인간의 피도 저런 색이야. 김이 모락모락 피어나는 뜨거운 피였다.

눈을 감았다. 총부에서 공부를 하던 친구들의 모습이 하나둘 떠올랐다. 사람 일이란 모르는 것이지. 도명은 중얼거렸다. 서원식에서 그렇게 다짐했지만 친구들 몇은 벌써 다른 길을 가고 있었다. 바람에 들려오는 소리도 있었다. 늦었다며

마지막 비상구

아이를 연년생으로 낳아 키우는 친구도 있었다. 이렇게 춥고 쓸쓸할 땐 그들이 부러울 때도 있었다. 생각의 말미에 윤 교수가 떠올랐다. 늘 나 때문에 걱정스런 표정으로 바라보던 얼굴이었다. 늘 사랑한다고 하지만 진전을 보이지 않았다. 먼저 그의 주변이 정리되어야 했고 그 다음 내가 결정할 문제였다.

어이 뭣혀. 백정의 소리에 눈을 떴다. 소의 목에서 흘러나오는 피를 받아 마시려고 어느새 사람들이 하얀 종발을 하나씩 들고 일렬로 서있었다. 백정이 줄에 서라고 나를 부르는 소리 같았다. 도명은 고개를 가로 저었다. 백정은 도명이 사람들과 조금 다르다는 것이 인식되었는지 식으면 못 마신당게. 백정은 혼잣말처럼 하고 그 말을 끝으로 사람들에게 한 종발씩 피사발을 건넸다. 사발을 받아든 사람들은 그 자리에서 마치 약수를 마시듯 꿀꺽꿀꺽 게걸스럽게 마셨다. 입가에 잘 마셨다는 듯 미소를 보이며 손으로 입가에 묻은 피를 쓰는 모습이 인간의 모습이 아니었다. 도명은 창고 밖으로 눈을 돌렸다. 함박눈이 내리고 있었다. 뿌연 신기루처럼 느껴지는 풍경이었다. 이런 날에는 한없이 눈길을 걷고 싶다 생각하고 막 발을 떼려는 순간이었다. "한잔 혀봐." 백정의 피 묻은 손에 종발이 들려 있었다. 도명은 주위를 살폈다. 사람들이 다 한 잔씩 받아 마시고 만족스럽다는 듯 입가에 웃음을 흘리고 있었다. 저만큼에서 윤 교수도 미소를 보이며 바라보았다.

　도명이 피사발을 내려본 순간 이상하게도 잔인하다는 생각보다는 마셔보자는 생각 쪽으로 변해 있는 자신을 발견할 수 있었다. 도발적인 생각으로 피사발을 건네든 도명은 눈을 감고 그래 나도 저 사람들처럼 마셔보자 하고 생각하며 피를 빨아들었다. 들직한 맛이었다. 비린내는 이미 냄새의 내성으로 알지 못하게 된 지 오래였다. 사람들의 잔인성이란 그런 것이었다. 마치 이렇게 비린내를 맡지 못하듯 자신의 잔인성을 잔인한 현장에선 느끼지 못하는 것이다. 소의 체온이 그대로 입가에 전달되었다. 다 비우고 사발을 백정에게 건네자 백정이 맛있냐는 듯 미소를 보였다. 피사발을 백정에게 건넨 도명은 그때서야 자신의 행동을 느낄 수 있었다. 인간이기에 이렇게 될 수가 있는 것이야 나도 한 인간에 지나지 않는 거라고 갑자기 아랫배가 아팠고 구역질이 나왔다. 입을 손으로 막고 얼굴을 찡그리자 백정이 알아차렸는지 소금종발을 가져왔다. 얼래 이러면 안되는디 이것 한 알만 먹어보슈. 도명은 소금종발에서 소금 한 알을 꺼내 혀에 대자 방금까지 울렁거리던 가슴이 잠잠했다. 감쪽같았다. 인간은 여러 가면을 쓰고 살면서 상황에 따라 가면을 벗고 쓰기를 반복하는 겁니다. 갑자기 언젠가 말했던 늙은 선배님의 목소리가 들려오는 것 같았다. 그래 나도 가면을 쓰고 사는 것이야 수도 없는 가면을 말이지. 도명은 중얼거렸다. 도명은 눈을 감았다. 갑자기 눈물이 핑 돌았다. 늘 그랬지만 약한 마음이 들 때마다 윤 교수가 보였다. 바로 옆에 있는데도 다가 갈 수 없는 그림 같은 존재였다. 환하게 웃는 모습이었다. 나는 이제 너무 지쳤어. 당신이 손만 내밀면 당신에게 달려가고 싶은데, 이렇게 사는 것이 얼마나 지루하고 얼마나 힘든 일인지 당신은 알 길이 없을 것이지만 그렇다고 당신에게 나 좀 도와 달라고는 말할 수는 없어 그간의 내가 걸어온 시간이 아깝기도 하지만 난 지금까지 아무것도 이룬 것이 없거든 하지만 지금 순간 보이는 것이 없어. 진리는 먼 곳에 있고 고독한 수행은 눈앞에 있지. 나도 한 인간이야 다를 것이 없어. 이곳에서 그걸 또 느끼며 절망하는군. 도명은 윤 교수에게 그 말을 하고 싶었다.

어이 받아. 도명은 백정의 말에 놀라 눈을 떴다. 이미 목이 잘려진 소의 머리가 부대에 담겨지고 있었다. 미리 주문을 받아 놓았는지 등산복 차림의 사내가 부대를 넘겨받으며 미소를 던졌다. 그대로 있다간 도명은 자신에 대한 문제로 눈물이 흘릴 것 같았다. 잠시 테이블 앞에 놓인 의자에 앉아 사람들을 바라보았다. 분주한 움직임이었다. 쇠머리가 든 부대를 들고 등산복 차림의 남자는 얻을 것을 얻었다는 듯 가벼운 발걸음으로 창고 밖으로 나가 창고 앞에 주차해 있는 자기 차의 트렁크에 부대를 실었다. 갑자기 윤 교수가 보냈던 보고 싶다고 쓰여 있는 수많은 휴대전화 문자가 눈앞에서 아른거렸다. 윤 교수는 도명의 생각을 아는지 모르는지 사람들과 섞여 모여 있는 사람과 같이 행동하였다. 등산복 차림의 차 너머로 하얀 눈이 마치 새떼처럼 보였다.

눈물이 핑 돌았다. 윤 교수는 가끔 눈물이 고인 눈을 보고 왜 그렇게 눈물이 많냐고 말했었다. 오늘 같은 이런 날에는 윤 교수의 가슴에 얼굴을 묻고 오랫동안 울어보기도 하고 윤 교수의 냄새와 체온을 한없이 느끼고 싶어졌다.

소의 머리가 잘려 나가자 이미 소에게는 생명 같은 것은 없었지만 더욱 그렇게 느껴졌다. 잔인성을 보여준 사람들 십여 명이 마치 동물 시체를 앞에 두고 새카맣게 달려드는 대머리 독수리처럼 주위로 몰려들었다. 조수는 백정 옆에 긴 칼부터 차례로 가지런히 놓았다. 퍼런 칼날은 보기에도 섬뜩했다.

백정은 사람들을 쭉 둘러보았다. 여그 우족은 누구요. 백정의 말이 떨어지자 육십 대 후반의 할머니가 나여 하고 손을 들었다. 백정은 칼날이 예리하고 작은 칼을 집어 들었다. 할머니는 누구 줄라고 이 귀한 우족을 산데요. 잠시 백정이 할머니를 바라보았다. 아들이 암이랴. 사람들이 일제히 할머니를 바라보았다. 내가 먼저 가야 쓰는디…… 한번도 내 손으로 약도 지어주지 못허고 이거라도 먹여 보내려고. 할머니 얼굴은 금방 먹구름이 끼어 있었다. 백정은 한동안 할머니를 바라보다 칼을 내려놓았다. 어이 저거 가져와. 백정은 조수에게 노란 플라스틱 그릇에 담겨 있는 전동칼을 가리켰다. 전동칼은 예전에는 볼 수 없는 것이었지만 빠르게 해체를 하다보니 전동칼도 이용하곤 하였다.

도명은 지난번 한 교도의 병문안을 갔을 때를 떠올렸다. 교도의 뇌 껍질을 자르던 전동칼과 같은 종류의 칼이었다. 백정들은 수없이 동물을 잡아왔기 때문에 동물의 관절을 머리에 꿰고 있고 힘들지 않게 우죽도 자를 수 있을 것이었지만 자기 생각을 바꾸는 것 같았다. 사람들은 백정을 솜씨 없는 백정이라 여기며 실망하는 얼굴로 백정을 바라보고 있었다. 오늘은 손목에 힘이 떨어졌으니 이해들 허쇼. 백정은 사람들이 알아들을 만한 소리로 단호하게 말하고는 전동칼을 돌렸다. 갑자기 웽— 소리를 내며 전동칼이 돌았다. 전동칼날이 원형이었지만 회전력에 의해 실체가 보여 지지 않고 희뿌연 안개 같은 것이 둥근 원을 그리고 있었다. 도명은 부드러운 원의 상징이 소리와 속도 때문에 강력하게 느껴지고 있었다. 백정이 그린

원의 모습과는 차원이 다른 모습이었다. 그래 사람의 움직임과 기계의 움직임은 언제나 다른 것이지 그러니 물질은 진화하고 있다고 늘 말했던 것이 아닌가. 내 생각부터 사람의 움직임은 그냥 부드럽다고 느끼고 있었으니까? 말했듯 원은 부드러움만 존재하는 것이 아니야 강한 것이지 가장 날카로운 것이고, 나를 이렇게 잡아두는 것도 날카로움 때문이 아닐까? 내가 미처 느껴보지 못한 그 날카로움. 진리 역시 날카로운 것인지 몰라 날카로운 것은 뭐든 자를 수 있는 섬뜩함이 숨어 있거든. 내 인생도 잘라내 버릴 만큼. 도명은 움츠려든 자신을 발견할 수 있었다.

도명은 발이 잘려 나갈 것을 예견하면서 눈을 감았다. 한동안 빠른 회전 소리가 들렸다. 문득 아버지가 돌리는 선외기가 떠올랐다. 아버지는 선외기를 타고 주변 섬이나 갯바위로 낚시꾼을 옮겨 주는 일을 하였다. 아버진 늘 자신을 걱정하였다. 실체도 없는 진리를 쫓아 떠다니는 자기의 눈에 넣어도 아프지 않을 딸이 못마땅하다기보다는 어려운 삶의 길을 가고 있는 것에 대한 일종의 인간적 갈등 같은 것이었다. 도명은 아버지의 선외기 소리를 들으며 아버지의 아슬아슬한 파도타기를 생각했다. 수시로 변하는 날씨에 바람 부는 바다의 파도를 가르며 낚시꾼을 데려와야 했기 때문이다. 백정이 소의 관절을 자르는지 둔탁한 소리로 변하곤 하였다.

백정은 소의 관절 위를 잘랐다. 칼로 관절과 관절 사이를 자르면 자동적으로 분리가 되는 것을 굳이 뼈를 자르고 있는 것이었다. 벌레 씹은 얼굴로 저만큼에서 소의 주인이 백정을 노려보고 있었으나 백정은 개의치 않았다. 네 쪽을 다 자른 백정은 밀가루 포대 종이를 찢어 우족을 싼 다음 짚단에서 짚을 몇 가닥 빼 정성스럽게 묶었다. 여긋쇼. 백정은 자신의 동정어린 얼굴을 보여주지 않으려는 듯 할머니의 얼굴을 바라보지도 않고 우족을 싼 종이 뭉치를 건넸다. 우족을 받아든 할머니는 뒤도 돌아보지 않고 서둘러 자리를 떴다.

저 할머니는 아들이 없는디 뭔 아들이 어쩌고 그려. 물을 끓이던 아낙이 다가와 백정이 들을 만한 소리로 말했다. 뭐요. 백정이 할머니가 사라진 문을 바라보며 한동안 황망한 표정으로 서 있었다. 그곳에 모인 사람들은 와자지껄 한바탕 웃으며 백정을 바라보았다. 헛헛헛…… 백정은 속았다는 듯 한바탕 헛웃음을 웃고는 칼을 집어 들었다. 도명도 깜짝 놀랐다. 그렇게 큰일이 있는데도 할머니의 태도가 대담하고 초연한 것을 보고 오래 삶을 산 경륜이 있어서 그럴 것이라며 오랜 기간 살다보면 모든 일에 초연해 지는 것이라고 생각하고 있던 중이었다. 할먼인디 그럴 수도 있는 거여. 속기보다 속아 준거다 이거여 하고 생각허면 편허당게. 사실 속아 줬거고……. 백정은 그 말을 빌미로 자기 합리화를 하였다. 도명은 이제 그만 여기를 떠났으면 했으나 그들 속에 빠져 있는 윤 교수를 바라보면서 자리를 뜨지 못했다. 윤 교수는 이미 대머리독수리의 일원이 되어 있었다. 백정의 손놀림과 그의 태도에 따라 웃는 것도 다른 사람과 똑같았다. 도명은 속으로 저런 사람이 어떻게 교수일까 하는 생각도 들었다. 교수라면 뭇사람들과는 다른 것이 있어야 하는데 윤 교수는 적어도 이 순간만은 그렇지 않았다.

색다른 경험이오. 윤 교수가 어느새 도명 옆에 앉아 도명이 가려는 것을 알기라도 한 듯 움직이지 못하도록 일침을 놓았다. 도명은 윤 교수의 진지한 모습 때문에 지금까지 앉아 있었지만 가시방석이었다. 사복을 하고 있었지만 만약 자신을 알기라도 한다면 사람들이 어떻게 생각할 까도 생각해 보면서 머리가 보이지 않도록 모자를 여러 번 매만지기도 하였다. 더구나 소의 붉은 피까지 한 사발 마셨다는 자신이 믿기질 않았다.

이리들 와보랑게. 쇠피를 한 사발이나 빨었으면 피 값을 해야제. 백정이 사람을 불렀다. 윤 교수도 사람들과 어울려 따라 나가 뒷다리 한쪽을 어설프게 잡았다. 아이참 교수님은 이런디에 껴서는 안된당게 저그 좀 나오쇼. 백정이 윤 교수를 불러내고 다른 사람이 그 다리를 잡게 하였다. 윤 교수는 아쉬운 표정으로 도명 옆에 앉았다. 네 다리에 두 사람씩 붙어 백정의 지시에 따랐다. 뭉툭하게 잘려나간 다리에서 소가 움직일 때마다 피가 조금씩 흘렀다. 잘려나간 우족 때문인지 형체가 그로테스크했다. 자연스럽다는 것이 인식의 문제이기는 하지만 생명이 있는 것과 없는 것의 차이는 큰 것이었다.

백정은 시퍼렇게 날이 선 칼날을 한 번 바라보고는 다리 네 곳에 흠집을 내고 이어 배에 흠집을 냈다. 시퍼런 칼날이 지나간 곳에서 칼이 지나간 흔적처럼 피가 배어 나왔다. 칼집을 낸 백정은 칼을 내려놓고 검지손가락으로 칼이 지나간 곳을 지나가 가죽을 벌렸다. 백정의 조수도 그때부터 달라붙어 조금씩 크게 가죽을 벌려나갔다. 가죽이 벗겨나간 곳에는 허연 속살이 들어났고 이내 힘없이 껍질이 벗겨졌다. 소의 알몸이 들어나면서 붉은색과 흰색이 섞인 살이 마치 황토흙 위에 잔설 같았다.

도명은 눈을 감았다. 둥둥둥 북이 울렸다. 아버지의 유언이었다. 아버지는 형제로 살았는데 큰아버지가 경찰 일에 종사하였고 그 바람에 육이오가 터지자마자 인민군에 의해 끌려갔다. 할머니는 매일 장손이 살아오기를 기원하며 지성을 드렸으나 들려오는 것은 경찰은 살아오기 힘들다는 것이었고 끌려간 가족들은 지리산 피아골에서 매일 시체를 확인해야 했다. 아버진 어머니 할머니를 따라 지리산 계곡에서 살다시피 하였으나 끝내 형의 시체는 찾지 못했다. 마지막 방책으로 아버진 형을 살리기 위해 인민군에 자진 가입하여 지리산으로 들어갔다. 그러나 형의 생사는 알 길이 없었고 누군가가 귀띔 하기를 이미 죽어 지리산 어느 골짜기에 버려져 있을 거라 말했다. 아버지는 끝내 형의 시신을 찾지 못하고 지리산을 탈출하였다. 이를 갈던 아버진 다시 육이오가 끝나고 빨치산 토벌단에 지원하였다. 그렇게 하지 않으면 인민군에 가입했다는 이유로 이번에는 경찰에 끌려갈 위기에 처해 있었기 때문에 할 수 없는 일이었다. 그후 한이 많던 아버진 암에 걸려 고생하다 돌아가셨지만 사는 동안 늘 지리산 빨치산 토벌단의 일을 하지 말았어야 했다고 후회했다. 아버진 마지막 유언으로 씻김굿을 해달라고 말했다. 도명은 이미 출가하여 집을 떠난 몸이었다. 도명이 출가를 말했을 때 아버지가 그다지 반대하지 않았던 이유도 자신의 과오 때문이었다. 가족 중 누군가 한 사람이 자신의 과오에 책임을 져야 한다는 게 아버지의 생각이기도 했다. 도명이 굿을 보러 사가에 왔다가 북을 치는 무당을 바라보았다. 둥둥둥 소가죽으로 만들어진 꽃이 그려진 북이었다. 북소리가 아버지를 생각해서였든지 슬펐다. 아버지는 마지막으로 토벌대에 참가하여 자신이 죽인 사람들의 원혼을 달래 주고 싶었던 것이었다. 도명이 도착하였을 때는 씻김굿이 거의 종료되고 마지막으로 해원의 굿을 하고 있는 중이었다. 도명은 그때를 생각하며 가죽이 벗겨진 소를 바라보았다. 한마디도 하지 못하고 맥없이 쓰러진 소는 다시 북으로 태어날 것이고, 북은 아버지의 굿판처럼 다시 사람들의 필요에 의해 사람 대신 울어 줄 것이라 생각했다.

귓속에 북이 우는 것 같았다. 사람들은 부지런히 움직이고 있었으나 아무도 말을 하지 않았다. 분주하지만 고요한 움직임이었다. 자 잡으랑게. 조용하게 자기의 일을 하던 백정이 소리쳤다. 천장에서 내려온 갈고리에 소의 등이 꿰어졌다. 사람들 몇몇이 줄을 잡아당기자 껍질이 벗겨진 소가 두둥실 떠올랐다. 조수가 멍석같이 가죽을 바닥에 깔자 예리한 칼을 든 백정이 배를 그었다. 순식간이었지만 재빠른 손놀림이었다. 소의 뱃속에서 내장이 통째로 흘러나와 자기의 가죽 위에 부어졌다. 몇몇 일꾼들이 위장과 소장 대장을 골라내 수대에 옮겨 수돗가로 향했다.

조수는 우선 간을 골라 도마 위에 놓고 쓸었다. 바쁜 중에도 백정은 긴 지레를 썰어 게걸스럽게 우물거렸다. 도마 위에서 김이 모락모락 피어오르고 있었다. 먼저 탁자에 간이 올려지자 사람들은 젓가락질을 분주히 하였다. 윤 교수는 몇 점을 우물거리다 도명을 바라보고는 한점을 기름소금에 찍었다. 한번 드셔봐요. 도명은 눈을 감고 받아먹었다. 피도 마신 판에 간쯤은 아무것도 아니었다. 따뜻했다. 기름장이라 그런지 고소하기까지 했다.

막 간이 없어지자 소의 허파와 위장이 차례로 올라왔다, 내장의 일부는 끓는 물에 들어갔고 아낙 한 사람은 무를 큼지막하게 썰어 넣고 시원한 국물을 우려내고 있었다.

가죽 위에 쏟아졌던 내장은 이미 부위별로 나누어져 이동되었다. 위장은 이미 갈라져 남아 있는 여물을 제거해 수돗가에서 씻어졌고 일부는 생으로 접시에 나왔으며 일부는 끓는 솥에 들어가 있었다. 사람들은 입이 심심하면 접시에서 소의 위장을 한 점씩 들고 기름소금에 찍었다. 윤 교수는 어느새 사람들과 동화되어 자연스럽게 소의 내장을 기름소금에 찍어먹으며 여느 사람들처럼 심심함을 달래고 있는 도명을 바라보며 알 수 없는 웃음을 웃었다. 도명이 윤 교수의 미소에 놀라 자신의 행동을 돌아보았다. 방금 전에 있었던 일들이 눈앞에 스쳐 지나갔다. 소가 창고로 들어서던 그때부터 일은 흠없이 자연스럽게 흘러갔다. 대부분 행사는 행사 순서가 연단 옆이나 리플릿으로 제작되어 그대로 행사가 진행되지만 이곳에는 그런 순서지 같은 것은 필요 없는 것이었다. 하지만 마치 순서가 있는 것처럼, 소를 절명시키고 이어 피를 뺄 사람들이 한 사발씩 들이켜고 머리를 잘라내고 우족을 자르고 껍질을 벗기고 내장이 쏟아지자 조수는 맨 먼저 소의 간을 입맛을 다시고 기다리는 사람들에게 제공하였다. 도명 자신도 모여 있는 사람들과 똑같이 피를 마시고 소 간을 씹었다. 상상하기 어려운 일이었지만 아무렇지도 않게 백정의 진행에 동화되어 있었다. 도명은 생각했다. 진리라는 것이 어쩌면 동화인 것이라고 사람들 사이에는 사람들과 자연에는 자연과 그렇게 동화하는 것이 진리인 것이고 그렇게 더불어 살아가는 것이 진리라고.

백정의 손놀림은 신기에 가까웠다. 앙바틈한 키에 목덜미에 주름이 잡힌 백정은 말없이 자신의 일을 하고 있었다. 사람들은 백정의 손에서 사시미로 던져질 몇 점의 고기를 기다리며 백정의 손놀림을 바라보고 있을 뿐이었다. 등뼈를 축으로 사등분을 하고는 등뼈의 줄기를 따라 그의 손이 부드럽게 움직였다. 등뼈를 떼어내는 작업이었다. 백정의 칼은 뼈의 생긴 대로 지나갔다. 고기와 뼈를 발라내는 작업이었다. 그래 도통한다는 것은 부드러운 것이지 생긴 대로 부드럽게 움직 이는 것이야 사람의 생각도 매한가지야 생각나는 대로 그렇 게 움직이면 되는 것이지……. 도명은 눈을 감았다. 자신의 생활이 마치 두루마리처럼 쭉 나열되어 눈앞에 나타났다. 매 일 새벽 다섯 시면 일어나 촛불을 밝히고 누런 일원상을 앞에 두고 명상에 든 자신의 모습과 절기마다 마음을 정화한다고 목욕을 했던 일들이 눈앞에서 현상처럼 나타났다. 문득 이런 행동이 진리를 위한 것인가의 물음이 던져졌다. 도명 졸린가. 윤 교수의 말에 놀라 눈을 떴다.

사람들은 백정이 일하는 모습을 바라보고만 있을 뿐이었 다. 백정도 자기의 일만 묵묵히 해내고 있었다. 백정이 움직 일 때마다 절걱거리는 장화 소리와 칼이 뼈에 닿는 사각거림 이 전부였다. 조수도 백정 옆에서 그 일을 하고 있었지만 어 딘지 어색함이 있었다. 사람들이 움직이며 지루한 표정을 하 였다. 그때를 알기라도 하듯 백정은 경골 옆에서 흑장미 색깔 의 고기를 떼어내 조수가 일을 하고 있는 가죽 위에 던졌다. 아롱사태였다. 경골 사이 사태뭉치 속에 있는 육사시미로 쓰 이는 고기였다. 잘라서 주랑게. 백정의 말은 그뿐이었다. 조 수는 배구공만한 고기를 주어 도마에서 잘게 썰었다. 사시미였다. 고깃집에서 흔히 보던 사시미가 접시에 올려졌다. 윤 교수의 입가에 은은한 미소가 담겨 있었다. 사람들도 그랬다. 만족한다는 의미가 담겨 있는 미소였다. 사람들이 서로를 한 번 바라보고는 젓가락을 움직였다. 도명도 기름소금을 찍었다. 고소한 입맛이었다. 그래 사람들의 광기와 잔혹한 것이 자연스런 일이야. 진리도 엄청난 거리에 있는 것이 아니지 어울려 사는 것이 진리인 것이지. 도명은 고기를 씹으며 얼굴이 붉어지는 것을 느꼈다. 렘브란트의 그로테스크한 푸줏간의 가죽이 벗겨진 소가 떠올랐다.

먼저 등뼈가 추출되었다 소의 축이 길게 꼬리까지 뽑혀져 있었다. 백정은 다시 꼬리와 등뼈를 분리하고 등뼈를 조각조각 잘랐다. 조수는 잘려진 등뼈에서 나무젓가락 같은 긴 등골을 뽑아 접시에 올렸다. 사람들은 흡족한 모습으로 배를 채웠고 창고 가득 포만감에 차있었다. 이후로 갈비와 뼈들이 순서대로 나왔다. 사람들은 각기 자신이 주문한 부위가 나오면 자기 차에 실었다. 마지막으로 밥도 나오고 국도 나왔다. 배를 채운 사람들은 하나 둘씩 자리를 떠났다. 사람들이 떠남과 함께 소의 부위도 한 조각씩 없어졌다. 얼마지 않아 쇠가죽 위에는 아무것도 남아 있지 않았다. 안쪽에서 앵앵거리며 전동톱이 돌아가고 있었다. 윤 교수는 마지막까지 구경하는지 보이지 않았다. 사람들이 떠나자 창고 안으로 스산한 바람이 들어왔다. 아직 문 밖에는 함박눈이 내리고 있었다.

얼마 후에 윤 교수가 포대를 들고 미소를 흘리며 나타났다. 박사 학위 논문이 마지막을 통과했다며 좋아하던 그 얼굴이었다. 이건 소뼈입니다. 윤 교수는 머리를 극적이며 뭐라 말을 하려다 멈추고 차로 향했다. 도명도 윤 교수를 따라갔다. 앞이 보이지 않을 정도로 폭설이 내리고 있었다. 윤 교수는 어떤 생각을 하는지 내내 말이 없었다. 도명은 곰국을 끓이던 어머니를 떠올렸다. 한평생 자신의 과오에 집착하여 어떤 일하나 제대로 해내지 못하던 아버지를 위해 준비하던 곰국이었다. 펄펄 끓는 곰국을 보고 말없이 생각에 잠겨 있곤 하던 어머니가 지척에서 보이는 것 같았다.

교당 앞 골목까지 온 윤 교수는 트렁크에서 포대를 내려 말없이 도명에게 건넸다. 도명은 뼈 포대를 생각 없이 받았지만 어떻게 해야 할지 도무지 생각이 떠오르지 않았다. 뼈 포대를 들고 교당으로 들어갈 수는 없는 일이었다. 이미 어두워진 골목에 윤 교수의 차는 떠나지 않고 그대로 서있었다.

사북 2014, 그 존재의 가벼움

1

그때도 검은 대지 위에 눈이 내렸다. 이삿짐을 쌓아놓고 차를 기다리던 아버지는 두려운 눈동자로 탄좌 갱도 쪽을 바라보며 담배연기를 연신 내뿜었다.

성구는 그런 아버지를 바라보기만 하였다. 아버지는 가끔씩 성구를 바라보며 애써 속내를 감추는 듯 미소를 보내며 말했다.

"좋은 곳으로 간단다. 거기서 너는 열심히 공부만 하면 되는 거야. 알았지."

유년의 어린 나이였지만 아버지의 두려운 얼굴을 지금도 또렷하게 기억한다.

트럭을 기다리는 동안 눈이 내렸다. 수많은 흰나비가 하늘에서 지상으로 서서히 추락하고 있었다. 날개의 형상은 없었지만 꼭 날개를 갖고 있는 나비의 형상과 흡사했다.

"눈이 내리는 구먼. 얼마나 내릴지……."

"그곳으로 꼭 가야 한대요."

어머니는 아버지의 두려운 모습을 바라보고 말했지만 아버지의 결정에 순종한다는 의미도 담겨있었다.

"아직 힘이 있을 때 가야 해. 저놈이 여기 저 초등학교에 간다고 해 봐. 뭘 보고 배우겠어. 서울은 아니라도 시커먼 석탄밥은 먹이지 말아야지."

"아는 사람이라곤 없는데 거기서 뭘 해먹고 살아야 하는지……."

"다 알아 놓았어. 여기서처럼 열심히 일을 하면 못살 거 있겠어."

"아버지 어디로 간대요. 저는 여기가 좋은데요. 친구들도 다 여기 있고…… 친구들은 학교에 간다고 좋아하는데 저도 학교 가고 싶어요."

"여기 산골에서 살면 되겠냐. 배울 것이라고는 저 시커먼 석탄 파는 거 외에는 없는 거고……."

"그럼 어디로 가는 데요."

"가보면 알 수 있어."

"아버지 얼굴이 오늘은 하얀 눈 색깔이네요."

"그래, 앞으로 다른 사람들처럼 이런 색으로 살 거니까."

"그래요."

떠나기 전 영희는 이사 간다는 것을 알고 주위에서 할 말이 있는지 서성이며 성구와 성구 아버지와의 대화를 엿듣고 있었다.

성구는 그런 영희를 힐긋힐긋 바라보면서도 말 한마디도 하지 않았다.

얼마가 지난 후 힘이 부치는지 황소가 콧김을 쏘아 붙이듯 크르릉 대며 1톤 트럭이 올라왔다.

2

그렇게 떠나온 사북이었다.

결혼 30주년 기념으로 여행 계획에 사북땅을 찾기로 한건 순전히 성구의 의견이었다.

아내는 근사한 외국의 어느 휴양지를 생각하고 있었지만 이런저런 핑계 아닌 핑계를 대고 고개를 저었다.

결국은 성구가 생각한 사북땅으로 여행 장소를 정하였다.

사북땅만을 여행한다는 것이 미안하고 아내의 반대에 봉착하게 될 거라는 생각에서 은근히 주변의 환경 좋은 정선이나 영월의 동강을 끼워 넣었지만 아내는 성구의 생각이 고향 사북땅이라는 것을 훤히 알고 있었다.

청옥색 물이 흐르는 남강의 줄기를 거슬러 오르면서도 머릿속에서는 늘 사북땅만 생각하고 있었지만 아내는 소녀처럼 청옥수에 손을 담그면서 이곳으로 오길 잘했다며 감탄했다. 그것이 아내의 배려라는 것을 성구는 잘 알고 있었다.

맑은 하늘이 흐려지기 시작한 것은 청령포에서의 일이었다.

"여기는 펜션이 많은데……."

의중을 살피며 아내의 얼굴을 바라보았다.

"이 나이에 펜션은 아니죠. 좀 더 우아하게 호텔은 없나요."

사북을 말하는 것이었다.

아내는 사북의 여행을 그리 탐탁지 않게 생각했지만 여기까지 온 마당에 여행의 즐거움을 깨지 않으려고 애를 쓰고 있었다.

"호텔은 사북에만 있는 걸로 알고 있어요."

성구의 생각을 알고 있는지 아내는 깊은 산골에서 호텔을 찾았다. 그것은 성구가 생각한 대로 사북땅으로 들어가자는 것이나 다름이 없었다.

사북까지의 길이 유년의 기억과는 달랐다. 마치 고속도로를 연상시키는 도로였다. 산비탈에 다리를 내고 골짝을 파내 큰 도로가 만들어져 있었다. 어둑한 첩첩의 산이 그림 같았다.

사북에 들어서니 50년 전의 사북이 아니었고 도회지의 모습으로 변해 있었다.

탄좌 근처에 오르니 유년의 기억처럼 흰나비가 천천히 여유롭게 땅으로 추락하고 있었다.

"눈이네."

창밖으로 펼쳐진 어둑해져가는 사북에 눈이 내리기 시작했다. 시나브로 검게 마치 칠흑의 장막처럼 어둑해져가던 산이 금방 형광체를 뿌려 놓은 것처럼 하얗게 빛을 발하고 있었다.

"그때도 눈이 내렸지. 죽은 흰나비들이 여기 있는 산에 켜켜이 쌓여갔고 그 산을 바라보며 불확실한 미래에 대하여 두려워하던 아버지의 모습이 눈앞에 보이는 것 같네."

"이사 가던 날 말이에요."

"응."

아내는 유년의 기억을 알고 있는지 창밖의 풍경을 바라보며 생각에 잠겨 있었다. 산 위에서 간간히 불어오는 바람에 사나워진 눈이 차창에 부딪쳐 눈 안으로 빨려 들어오는 듯하였다.

"당신이 말하던 그 탄좌네."

탄좌 앞 커다란 구조물 앞에 차를 대자 아내는 입구에 쓰여 있는 사북탄좌라는 문구를 보고 혼잣말을 하였다.

아내는 커다란 눈을 굴리며 성구가 말했던 유년의 사북과는 다른 풍경과 눈보라 비켜나는 사북을 바라보았다.

"많이 변했다고 하더니만."

주변의 환경이 너무도 달랐다.

한눈에 내려다보이는 읍내에는 이름도 생소한 전당사가 빼곡하게 들어와 있었고 저마다 고개를 드민 높은 건물의 여관이 울긋불긋한 이름표를 내밀고 있어 서울의 환락가를 연상시켰다.

"당신이 말했던 사북탄좌가 이런 곳은 아니잖아요."

"그때는 산에서 불어오는 바람에 검은 석탄가루가 날렸지만 지금은 산더미처럼 쌓여있던 폐 연탄이 눈에 덥혀있어서 그런지 보이지 않아 너무 변했어. 살던 집 쪽이 아파트 쪽이었을 것인데 찾기도 어렵고……."

고개를 들어 위쪽 살던 집 쪽을 바라보았다. 광부들이 살던 아파트가 마치 이 빠진 잇몸처럼 창문이 없는 상태로 흉물스럽게 덩그러니 겨울바람을 맞고 있었다.

"아파트 쪽으로 가봐야지 혹시 알아 그곳에 살고 있던 집 한 채 쯤 있을지."

바람이 불었다. 오던 눈이 아파트촌의 주위에 들어서자 낯선 사람의 방문이 반갑지 않다는 듯 사나워졌다.

"텅 빈 공간입니다. 성한 문도 없네요."

"폐광이 되었다고 하더니 다 떠났군."

몇 해 전에 먼 여행길을 가신 아버지가 어느 빈 아파트에서 뛰쳐나올 것만 같았다.

아버지는 사북을 떠난 지 얼마 되지 않아 탄광에서 일한 사람들이 얻을 수 있는 진폐증을 얻어 이십여 년이나 앓다가 돌아가셨다.

탄광에 있었으면 그나마 산업재해로 인정받을 수 있었지만 떠나온 후였기 때문에 보상도 제대로 받아보지 못했고 그것을 어머니는 늘 후회하였다.

바람이 아파트 주위를 훑고 지나가며 성글게 붙어 있는 함석을 흔들어 소리를 냈다. 그 소리가 마치 아버지의 기침소리처럼 갈갈갈 하고 들렸다.

"당신이 살던 집이 어느쯤인가 찾아봐요."

"이 아파트가 들어오기 전이니까 이 근처였을 거지만 알 수 없게 되었어. 천지가 개벽한다고 하더니만 꼭 그 짝이네."

"카지노 쪽에 호텔이 섰다는데 거기로 가시죠. 쉬고 싶어요."

차를 돌렸다. 마지막까지 말없이 바라보던 땟국 절은 유년 시절 영회의 모습이 떠올라 백미러로 자꾸만 뒤를 바라보곤 하였다.

"집터도 없으니 서운합니까?"

"이렇게 변했을 줄은 몰랐소."

산을 오르자 별천지나 다름이 없었다. 녹색의 조명체가 건물 주위의 윤곽을 또렷하게 하였다.

아내는 눈이 휘둥그레져서 하늘을 찌르는 녹색 빌딩을 차창 너머로 바라보았다. 산허리에는 야간 조명을 단 스키장 리프트들이 마치 야간열차처럼 일렬로 움직이고 있었다.

"인간의 탐욕이 빚어낸 소산입니다. 이런 산골에 저런 건물이 운영되고 있으니."

빈터에 차를 멈추고 말없이 주변을 살폈다.

"많이 변했다고 하더니만 서울이나 다름없네요."

"이런 첩첩산중으로 사람들이 몰리기나 할까?"

"사람들이 찾아오니 저런 건물이 있죠."

다시 호텔 쪽으로 차를 몰았다.

무궁화 다섯 개가 그려진 호텔로 들어서자 안내원이 반갑게 맞아 주었다.

카지노 호텔에서 체크인하고 호텔에서 운영하는 식당에서

아내의 생각대로 우아한 저녁식사를 하면서 와인을 한 잔씩 곁들였다.

식당에서 바라본 주변이 아름다웠다. 더 이상 석탄을 캐던 산골의 적막함은 찾아볼 수 없었다.

"이곳에 오면 카지노도 들러야 한다는데……."

"그럽시다. 당신이 원하시면 그렇게 해요. 고향집이 없어져 서운하기도 할 거고."

식사를 마치고 곧장 카지노에 들렀다.

게임머신 속으로 머리를 들이민 듯 사람들이 집중하고 있었다. 더러는 탐욕을 찾는 사람들의 잰걸음걸이로 실내가 북적였다. 카드놀이, 룰렛, 카드패의 움직임에 따라 움직이는 시뻘건 탐욕의 눈동자.

마침 두 자리가 비어 있는 게임머신 앞에 앉아 성구는 곰돌이가 나타나 점수를 주는 머신에 앉았고 아내는 봉황이 내려오는 머신 앞에 앉아 게임에 집중하였다.

"저는 머리가 아파 도저히 바라볼 수가 없군요. 봉황이 나타나면 울음소리가 마치 티베트 어느 곳에서 조장을 하던 독수리가 생각나기도 하고……."

얼굴을 찡그린 아내는 글자판에 액수가 사라지고 머신이 멈춰 서자 말했다.

"난 더하고 갈 테니까 당신은 먼저 룸으로 가 쉬시구려."

"그래요. 전 그게 좋겠어요. 일찍 끝내고 오세요."

아내가 떠나고 혼자서 아내가 넣었던 이만 원과 직접 넣은 오 만원을 생각하면서 게임에 몰두하였다.

아내가 앉았던 자리에 중년의 아낙이 앉아 성구의 그림을 바라보기만 하였다. 외모로 보아 지성인처럼 보이는 중년의 아낙이었다.

"곰돌이 그림이 좋습니까?"

중년의 아낙이 성구와 머신의 그림을 보았다.

성구는 처음 보는 여자였고 자기에게 말하고 있는지도 몰라 게임에만 몰두하고 있었다.

"여긴 게임기가 많아요."

중년의 아낙을 바라보았다.

"혹시 저에게……."

"네."

"전 이 그림이 맘에 들었습니다. 돈을 따고 잃는 것에는 신경 쓰지 않아요. 순전히 재미죠."

"많은 사람들이 그렇게 말합니다. 이 머신은 펭귄을 잡아야 합니다. 그래야 돈이 많이 나오게 되어 있고……."

"그래요."

마지막 비상구

"여기 이 목도리를 한 것같이 노란색을 띤 것이 웃기죠."

"여기 이 펭귄이 황제펭귄이란 놈입니다. 남극에서 서식하는…… 남극 중에서도 가장 추위가 혹독한 곳을 골라서 살고 있죠. 거기서 알을 낳고 새끼를 기릅니다. 여기 노랑 목도리는 짝짓기 준비가 되었다는 표시입니다."

"펭귄에 대하여 아는 것이 많네요."

"누구나 아는 거죠."

"근데 선생님 저 배가 너무 고파요. 오늘 바카라라는 게임을 하고 돈을 전부 잃었거든요. 게임을 할 땐 몰랐는데 이렇게 빈털터리가 되고 나니 배가 고픈 거죠. 돈 없고 배고프다는 말 있잖아요."

"그럼, 제가 어떻게 해야 되는 거죠."

진지하게 말하는 중년 아낙의 얼굴을 뚫어져라 바라보았다. 진실 같은 것이 있었다.

카지노에서는 어떤 사람의 말도 믿지 않아야 한다고 했지만 중년의 아낙에게서는 첫인상이 저급하게 보이지 않았다.

한동안 아낙의 말을 듣기만 하였다. 게임에 대하여 말하는 자기중심적인 아낙의 말을 들으니 말로만 듣던 도박중독증에 걸려 있는 사람 같았다.

"왜 이렇게 저를 뚫어져라 바라보는 겁니까."

"저와는 오늘 이곳에서 처음으로 뵙는 분이라서……."

"선생님은 이곳에서는 그리 흔한 도박중독자 같지가 않아서 속에 있는 말을 하는 겁니다."

"그럼 집으로 가셔야지요."

"집이 부산이고 여기서 새벽 1시나 되어야 은행이 풀리고 카드로 돈을 뽑을 수가 있습니다."

"그래요. 그래도……."

"이곳에 식당은 있습니까?"

"저쪽에."

탐욕의 눈동자로 분주한 사람들의 비좁은 틈을 빠져 나가니 간단히 요기할 수 있는 카페가 있었다. 아낙에게 식사를 주문하라고 하고 자리에 앉았다.

중년의 아낙은 정말 배가 고팠는지 정신없이 토스트를 먹었다. 통유리로 되어 있는 창 너머에는 많은 사람들이 열심히 뭔가를 하고 있었다.

아낙이 토스트를 먹는 모습과 창밖으로 보이는 사람들을 바라보며 생각에 잠겨 있었다.

"여기 사진 좀 보세요."

토스트를 먹으며 휴대폰에 찍혀 있는 사진을 보여 주었다. 5세쯤 보이는 어린아이가 웃으며 두 손가락으로 v자를 그리고 있었다.

"어린아이군요."

"네, 제 손자구요."

"손자. 아, 그렇군요. 녀석 예쁘게 생겼습니다."

"할미가 이렇게 도박에 빠져 있는 것을 모르죠. 안 된다고 하면서도 제 의지대로 되지 않으니…… 제가 왜 이러죠."

"글쎄요. 아이의 엄마는 알고 있나요. 혹시 중독이라는 말을 들어 본 적이 있습니까?"

"여기서 형식적인 얘기를 종종 듣습니다. 하지만 사람이 중독된다고 이들이 머신들을 없애지는 않을 것입니다. 그래서 답답합니다."

뭔가 해답을 구하는 사람처럼 애절한 표정을 지었다.

"저에게서 해답을 구하려는 것은 아니죠."

"물론입니다. 저도 어떻게 해야 할지 몰라 막막하여 이렇게 막연하게 말하는 겁니다."

"그리고 여기. 제 수중에 있는 돈이라고 해봐야 이것이 전부입니다. 차비나 하시죠."

아낙은 선뜻 돈을 받지 않고 성구가 내민 돈을 물끄러미 바라보기만 하였다.

그때였다. 옆 테이블에서 직원으로 보이는 한 사람과 그의 친구로 보이는 사람이 대화를 하고 있었다.

"자네는 그렇게 말했는데도 왜 이곳을 자주 찾는가? 내가 직업상 이러면 안되는 데도 자네를 보면 미치겠네. 자네의 파멸 과정이 눈에 선해."

"여기에서 잃은 돈이 우리 가정으로는 말할 수 없을 정도라네. 파산 지경이야."

"자네는 계속 도박에 빠지게 된다는 것을 몰라. 저기에 있는 모든 사람들이 자네와 같은 처지의 사람들일 것이네. 그렇다고 내 돈을 훔쳐갔다고 소리 한번 지를 수도 없고. 봤잖은가 직원들이 손님을 대하는 태도가 얼마나 고압적인가를……."

"나도 한 번은 이겨 봐야지 않은가? 이곳에서 20%의 사람이 이길 수 있다고 하지 않았는가?"

"자네의 말은 맞네. 20%의 사람이 딸 수 있는 것이지."

"난 그 20%에 들어가지 않는다는 것이야?"

"생각해 보게 백 명이 게임을 하면 20%는 20명이 수치적으로 이길 수 있는 것이지. 그럼 다음날 그 20%의 사람들이 이길 수 있는 확률은 4명에 불과하고 그다음은 이길 수 있는 확률은 없어지게 되어 있어."

"그럼 이렇게 앉아서 죽기를 바라는 것이군."

마지막 비상구

"이곳은 정부의 지분이 51%지. 곧 정부가 하는 일이라는 것이야. 사장과 주요 고위직들은 낙하산이고…… 싸워봤자 이길 수가 없다는 뜻이야."

그 말을 하고는 안타까운 눈으로 친구를 바라보았다.

"힘드네. 아무것도 보이지 않는 어두운 동굴 속을 홀로 들어와 있는 기분이고."

그 말을 하고 고개를 숙였다.

"지금이라도 늦지 않았네. 집에 있는 아내와 아이들을 생각해 돌아가게."

"지금은 너무 돌이킬 수 없게 되어 버렸네. 카드를 여러 장 만들어 돌려막기도 해보았지만 지금은 그것도 힘들게 되어 버렸어. 이런 것을 알지 못하고 있는 아내는 매일 어디를 그렇게 다니느냐고 불만이고. 그때마다 회사가 어려워 출장을 다닌다고 변명을 하곤 하지. 이제 그 일도 지쳤네."

"자네, 아내에게 솔직히 말하게. 지금 자네의 처지가 어떻다는 것을."

직원으로 보이는 사람은 안타까운 표정으로 그를 바라보고 있었다.

"아내가 용서를 하지 않으면?"

"할 수 없는 일이 아닌가? 자네의 잘못으로 이렇게 되었으니…… 하지만 지금은 돌아갈 수 있는 기회가 있는 거야. 앞으로 얼마가 지나면 그 마저 잃게 되어 있어. 여기에서 한 달에 한두 번꼴로 자살하는 사람들이 있네. 도박으로 모든 것을 탕진한 그들이 마지막에 죽음을 선택하는 거지."

"자네 말은 알아듣겠네. 노력하겠네."

"여기에는 사업을 하다 카지노에 손을 대 망하게 된 사람들이 많다네. 처음에 재미쯤으로 들어와 돈을 따기라도 하면 그 사람은 다시 이곳으로 기어들게 되어 있고 그렇게 하여 결국은 자네처럼 되어 버리지. 처음엔 자꾸 돈을 끌어 쓰게 되고 시간과 돈을 허비하다가 지금껏 쌓아올린 모든 명예나 경제적인 부분까지 한순간에 무너지게 되어 있어. 마치 흰개미 한 마리 두 마리가 목조건물 방 안에서 돌아다니는 것을 방치하게 되면 한순간에 집이 무너져 버리는 것과 같은 이치가 되는 것이야. 빨리 집으로 돌아가게. 부탁이네."

"알았네."

"나도 여기에서 근무하고 있는 것이 부끄럽다네. 저길 보게 십대, 이십대, 삼십대의 비율을 보라고 60%가 넘어 열심히 일해야 할 젊은 사람들이 저렇게 날을 지새워가며 게임에 매달리는 것을 보라고. 중년이나 노인층은 거의 없고 저런 사람들만 있고, 여기에선 그 젊은 사람들에게 초점을 두어 게임을

마지막 비상구

개발하고 있으니……."

두 사람은 걱정스런 표정으로 유리창 너머의 객장을 바라보았다.

"자네의 말은 알아들었네. 매번 미안했네."

두 사람은 그런 대화를 마치고 무거운 발걸음으로 자리를 떠났다.

성구는 객장으로 사라지는 두 사람의 모습을 한동안 바라보기만 하였다.

"자, 이젠 갑시다. 전 아내가 기다리고 있는 호텔로 들어가겠소. 어디로 갈 겁니까."

"전 좀 기다리다 갈 겁니다. 오늘 고마웠습니다."

성구는 호텔로 향하며 중년의 아낙이 집으로 돌아갈 것인가를 잠시 동안 생각하였다.

중년의 아낙은 성구의 뒷모습을 한동안 바라보다가 성구가 시야에서 사라지자 가까운 곳에 있는 게임머신 앞에 앉아 시간을 기다렸다. 시간이 좀처럼 가지 않는지 지루한 표정을 하였다.

성구가 주고 간 지폐를 만지작거리던 중년의 아낙은 무심코 게임머신에 넣었다. 몇 바퀴가 돌자 머신에서 요란한 음성이 들리기 시작하였다. 이들이 말하는 잭파가 터진 것이었다.

사람들이 몰려들어 웅성거렸다. 그렇게 돌려도 나오지 않던 잭파가 이제야 터졌다며 웅성거렸다.

　잠시 후 카지노 관계자가 찾아와 세금이라며 22%를 공제하고 금액을 적어 주며 사인을 요구하였다.

　"오늘은 게임을 그만 하실 겁니까?"

　"네."

　"그럼 저희들이 호텔로 모시겠습니다."

　깨끗하고 아늑한 호텔에 누워 보았다. 실로 오랜만에 누워 보는 안락함이었다. 문득 눈앞에 보이는 술병이 보였다. 꽤 오래된 와인이었다. 와인을 술잔에 따라 마시며 핸드폰으로 타임 투 세이 굿바이라는 음악을 틀었다.

　호텔 식당에서 은은하게 들리던 음악이었다. 자꾸만 객장에서 도움을 받았던 중년남자가 생각났다. 얼굴에는 적당한 긴장미가 있고 여유 있는 말씨가 맘에 든 사람이었다.

　술을 마시다 로비로 내려가 생김새를 적당히 말하고 그 사람의 이름이나 알아보려고 하였지만 호텔 직원들은 개인들의 사생활은 절대로 말할 수 없다며 알려주지 않았다.

　아낙은 일찍 일어나 로비 소파에 앉아 성구가 나오기를 기다렸으나 끝내 만날 수는 없었다. 성구는 아내와 함께 새벽같이 태백으로 길을 떠난 후였다.

　　　　　　　　　　　　　　　　　　　　　　　마지막 비상구

3

성구는 글이 되지 않을 때에는 고향인 유년의 사북을 생각하면 글이 풀리곤 하였지만 사북을 다녀 온 후로는 글이 되지 않았다. 사북은 생각 속에 자리잡은 이미지와는 정반대의 것이었다.

사람들로 북적이던 카지노의 불빛에 모든 것이 가려지는 것 같았다. 탐욕에 가득 찬 사람들의 눈동자가 유년의 시절에 보았던 아버지의 눈동자나 영희의 눈동자와는 전혀 다른 것이었다.

돈을 보고 몰려든 사람들의 움푹 페인 눈에는 독수리처럼 빛나는 동공과 그 안에 또 다른 이상한 살기 같은 것이 들어 있었다. 성구는 그것이 곧 탐욕의 눈동자라 생각되었다.

사북은 이제 서민들이 땅을 일구고 꿈을 키워가는 곳이 아니었다. 첩첩산중이었지만 그 안에서 탐욕의 문화가 형성되어 있었다.

작년에 다녀온 그날에 다시 한 번 사북에 들러 꼭 유년에 보고 느꼈던 것을 얼마간이라도 되찾고 싶었다.

차를 달렸다. 아내가 마치 십대의 소녀처럼 좋아했던 동강 주변을 돌았다. 어디선가 아내가 뛰쳐나올 것 같았다.

유년의 기억을 더듬으며 사북탄좌에 들러 주변을 서성거렸지만 기억과는 전혀 맞지 않은 것들만 있었다.

구석구석을 살피고 나서 저녁나절이 되어 카지노에 올라갔다. 카지노를 들르려고 올라간 것이 아니고 호텔에서 쉬고 싶은 생각이었다.

방에 들어서서 창밖을 내다보았다. 시간적으로는 1년이 지났지만 성구에게는 여러 가지의 삶의 변화가 있었다.

자신의 마음속 생각마저도 훤히 내다보았던 아내가 떠난 지 꼭 육 개월 남짓이 되었고 결혼 후 제대로 된 여행 한 번 가보지 못했던 세월이 아쉽기만 했다.

결혼 30주년 기념으로 떠나왔던 작년 여행이 아내와는 마지막이 되었다. 사북 여행을 마치고 건강검진에서 들어난 암 그리고 얼마동안의 암투병 후 허무하게 아내는 떠났다.

아내와 마지막 여행이 사북인 셈이었다. 갑자기 아내와 같이 게임을 하던 카지노에 가고 싶은 충동이 일었다.

카지노에 들어가 아내와 같이 앉아 있었던 곰과 봉황을 바라보다가 아내가 잠시 동안 게임을 즐겼던 봉황게임을 시작하였다.

"오늘은 봉황게임을 하시는군요."

일면식도 없는 중년의 아낙이었다.

"혹 다른 사람을 착각하시는 거 아니신지."

"저는 선생님을 알고 있습니다."

마치 잘 알고 있다는 듯 중년의 아낙이 바라보았다.

"곰게임이 좋다고 하지 않으셨나요."

"전 아무 게임이나 하는 사람입니다."

"그래요."

중년의 아낙을 바라보다가 다시 게임에 열중했다.

아내는 이 게임을 하면서 어떤 생각을 하고 있었을까? 그때 왜 머리가 어지럽다면서 먼저 침대로 들어갔을까? 여러 가지의 생각들이 한꺼번에 쏟아져 나왔다. 그때 어지럽다는 아내의 느낌이 병으로 인한 거였다는 생각을 하지 않은 것에 대한 자책감도 들었다.

그때였다. 갑자기 봉황이 화면 아래로 내려왔다가 먼지를 일으키며 올라가 화면 가득 박혔다. 사람들이 그림과 어떤 연관이 있는지 휘둥그레 눈을 뜨고 바라보았다.

화면 가득한 봉황이 사라지고 작은 봉황들로 온통 채워지며 "깍깍 삐우웅 삐옹" 소리를 냈다. 꼭 유년시절에 들었던 솔개 울음소리처럼 날카롭게 귀에 박혔다.

"왔네요, 저런 그림이 있었습니다."

사람들이 하나 둘씩 그림을 보며 부러운 듯 말했다.

"선생님, 드디어 최고의 그림을 잡았습니다."

화면 위에 가득히 돈으로 상징되는 숫자가 찍혔다. 아무런 느낌도 없었다. 오직 아내가 있었다면 하는 마음뿐이었다.

그것을 끝으로 카지노를 나왔다.

방으로 돌아와 아내의 모습을 상상하며 아직 잔설이 쌓여 있는 주변의 산을 바라보았다.

정상 부근에서 스키어들의 리프트가 어디론지 떠나가는 야간열차처럼 분주하게 움직이고 있었다.

그때였다.

"누구십니까?"

"룸서비스입니다."

문을 열자 정장 차림의 소년이 서있었다. 얼굴이 유난히 희고 앳되 보였다.

"방금 전에 사람이 죽었습니다. 여기서는 흔한 일입니다만 그분이 가지고 계신 편지가 있어 이리로 가져왔습니다."

애써 별일이 아니라는 의미를 부여했지만 소년의 말소리가 떨렸다.

성구는 자기가 이곳에 들어있다는 것을 알만 한 사람이 없다고 생각하고 룸서비스에게 말했다.

"전 이곳에 아는 사람이라고는 한 명도 없는데 혹시 다른 사람으로 착각하신 거 아닙니까?"

"여기가 714호 맞습니다. 하여튼 읽어 보시고 말씀해 주십시오. 그분의 마지막 소원 같기도 하여 가져온 것입니다."

소년이 떠나고 성구는 침대 끝에 앉아 편지를 읽었다.

존경하는 선생님.

먼저 죄송하다는 말을 드립니다.

저를 기억하시지 못하고 있다는 것을 잘 압니다.

저는 꼭 일 년 전에 선생님을 뵙고 선생님께서 저의 배고픔을 위하여 근사한 저녁을 사셨고 또 수중에 오만 원이 전부라며 주시고 가셨던 것을 기억하시는지요.

전 선생님의 말씀대로 집으로 가야 했는데 가지 않았습니다. 무심코 게임머신에 선생님께서 주신 돈을 집어넣고 게임을 하였는데 우연히 삼천만 원이라는 거금의 잭팟을 터트리게 되었습니다.

선생님이 생각나 호텔 로비에서 오전 내내 기다렸지만 선생님께선 나오시지 않았죠.

그땐 먼저 떠난 것이라 생각되었습니다.

사람은 일생을 살면서 운명처럼 어떤 사람을 만나게 되어 있고 운명처럼 사랑하게 된다는 말이 생각납니다.

그 후로 저는 선생님께서 찾았던 그 금요일 오후가 되면 이곳으로 와 선생님을 뵈려고 곰돌이와 봉황의 그림 앞에 서성였습니다. 그렇게 시작된 기다림이 나중에는 선생님 보다는 게임에 몰두하기 시작했죠.

선생님께선 끝내 오시지 않았죠. 저는 카지노에 한 번 발을 디딘 사람은 언젠가 다시 오게 된다는 사실을 믿고 있던 사람입니다. 저도 그랬고요.

하루 이틀 그렇게 시간이 지나갔습니다. 그러다가 결국 저는 한 번의 일확천금을 꿈꾸며 게임하는 이곳의 뭇사람들과 다를 것이 없었죠. 게임을 하고 있는 시간만큼 자신이 무너지고 있다는 사실조차 몰랐습니다. 선생님을 한 번은 꼭 뵈어야겠다는 생각에서 찾다가 결국은 중독이 되어 버린 것입니다.

선생님 오늘은 좋은 날입니다.

왜냐면 저 혼자서 좋아하고 저 혼자서 애를 태웠던 분을 꼭 일 년 만에 다시 만난 날이기 때문입니다.

일 년이란 세월이 그리 길지 않지만 저에게는 너무 긴 세월이었습니다. 도박중독이라고 남편한테는 이혼을 당하였고, 아이들 또한 저를 찾지 않았습니다. 제가 보여주며 사랑스럽다고 말했던 손자 녀석도 할머니 옆에는 오지 않습니다. 딸년이 도박중독의 할머니 곁에는 가지 말라고 하였기 때문이죠.

전 오늘을 기다렸습니다. 선생님께선 마치 일 년을 기다리다 오신 것처럼 꼭 일 년 만에 찾아 오셨군요.

곰돌이가 좋다며 곰돌이게임을 하셨는데 오늘은 봉황게임을 하셨습니다.

왜 그런지는 몰라도 사모님께서는 오시지 않았나 봅니다.

몇 번이나 714호실 문 앞에서 문을 두드리고 싶었지만 용기가 나지 않았습니다.

제가 누군지 밝히고 싶지도 않았고요.

전 이제 떠납니다. 제 핸드폰에서 Time to say Goodbye가 흘러나옵니다. 선생님과 카지노 카페에서 들었던 그 음악입니다.

적색 와인도 한 잔 가득 따랐습니다.

이 노랫말처럼 저를 잊지는 말아 주십시오.

제가 모든 것을 탕진하게 된 것이 선생님 때문이라고 변명하는 것은 절대 아닙니다.

혹시 그것 때문에 죄책감에 시달릴 필요는 없습니다. 저 혼자서 너무 깊이 사랑하게 되었고 그 사랑이 병이 되었으며 결국 이렇게 망가진 것입니다. 돌이키기에는 제가 너무 멀리 와 버렸습니다.

선생님 이제 시간이 된 것 같습니다.

오늘도 그날처럼 눈이 내리기 시작했군요. 금세 저 산과 공연장을 덮었습니다.

눈송이가 봄이 되면 녹아 없어지듯 저는 그렇게 갈 겁니다.

부디 행복하시기를 빕니다.

꼭 저를 기억은 해주십시오.

안녕히 계십시오.

편지를 읽고 일 년 전 그때를 생각해 보며 오늘 만났던 그 중년의 여인을 떠올려 보았다. 같은 사람으로 합성되자 황급히 로비로 내려갔다.

"이 편지의 주인은 어디 계십니까?"

"아, 네. 저기에서 앰뷸런스를 기다리고 있습니다."

아래로 내려갔다. 몇몇 사람이 흰 천의 주위에서 머뭇거리고 있었다.

"꼭 여기서 죽어야 하나."

볼멘소리였다.

숙연한 모습은 찾아볼 수 없었다. 마치 흔하게 일어나는 하나의 일상처럼 생각하는 것 같았다.

"어떻게 되었나요."

"절명했죠. 7층에서 떨어졌는데."

그중 한 사람이 의아한 표정으로 바라보았다.

"한 번 봅시다."

성구는 그 말을 하고는 허락도 받지 않고 덮혀 있는 천을 열었다.

그 속에는 얼굴이 이미 깨어진 여인이 약간의 미소를 머금은 채 누워 있었다.

"어라. 웃고 있네."

여인을 지키던 한 사람이 그 모습을 보며 말했다.

성구의 손이 가느다랗게 떨고 있었다.

곧 앰뷸런스가 도착하였다. 그 여인은 앰뷸런스에 실려 떠나갔다.

성구는 멀어져 가는 앰뷸런스를 그 자리에 서서 바라보았다.

차가 멀어지고 아낙이 누워있던 그 자리에 무수히 많은 흰나비가 서서히 자유낙하하며 아무런 일도 없었다는 듯이 하얗게 덮고 있었다.

지네가 지나간 자리

거실에 보리이삭 만한 지네가 움직이고 있다. TV를 보다 천천히 움직이는 지네를 바라본다. 지네는 객실을 길게 매단 열차처럼 움직이며 아내가 있는 주방 쪽으로 향한다. 아무렇지 않게 TV로 눈을 돌린다. 잠시 후 비명 소리와 동시에 접시 깨지는 소리가 들린다. 아내는 지네를 보고 놀랐는지 어쩔 줄 모르고 그 자리에 서 있다.

"무슨 일이야?"

모로 누운 상태로 머리만 들어 관심을 보인다.

아내가 겨우 말한다.

"지네, 지네가."

"지네 정도 가지고 뭘 그래, 신문지로 때려죽이든지 책으로 눌러봐."

다시 TV로 눈을 돌린다.

"왜 그리 무심해요."

아내의 눈살에 뒷목이 근질거렸지만 대꾸하지 않는다.

"아직도 도망가지 않았어요, 빨리 어떻게 해봐요."

아내는 다시 눈물 섞인 목소리를 한다. 그때서야 슬그머니 자리에서 일어나 머리맡의 잡지책을 들고 주방으로 향한다.

"지네가 어디에 있다는 거야."

"저기요, 식탁 밑."

위험을 느낀 왕지네는 식탁다리를 동그랗게 말아 잡고 있다. 잡지책으로 몇 번 때려 움직일 수 없게 만든 다음 지네를 끌어낸다.

"이게 그렇게 무섭나?"

아직도 살아 꿈틀거리는 왕지네를 손가락으로 집어 든다. 아내는 손가락에서 허공을 허우적거리는 지네를 보고 눈살을 찌푸린다.

편자형상의 지형 안쪽으로 십여 호의 집들이 양지를 찾아 옹기종기 모여 있고, 마을 외부로는 북서풍을 막으려고 심어 놓은 대나무밭이 있었다. 그곳은 바람 잘 날이 없었다. 약한 바람에 사각거리는가 싶으면 어느새 소나기 소리로 바뀌었고

서로를 비비고 얼싸안으며 바람을 막았다. 툭 트인 동남쪽 끝
엔 밤나무골이 자리 잡고 있었는데 우리는 밤나무골과 대나
무밭 사이에 있는 오두막에서 살았다. 마을에서 그리 먼 곳이
아니었는데도 외딴집으로 보였고 사람들은 우리집을 외딴 오
두막집이라 불렀다.

"어디 갔다가 인자 오는가."

아버지였다.

"부화장에서 죽은 병아리를 가져 올라먼, 늦게꺼정 기다려
야 쓴당게."

한 보따리나 되는 죽은 병아리를 마당에 내려놓는다.

"암탉이나 한 마리 사오먼 좀 좋아."

"누가 그걸 몰라서 그런 대요, 서리병아리라도 있응게 다행
이지, 이거라도 없으면 어떻허것소, 닭값이 좀 비싸야지요."

아버지는 어머니가 수집해온 죽은 병아리를 마당에 쏟는
다. 상한 것도 있었지만 대개는 멀쩡했고 무정란도 몇 개 들
어 있었다.

"웬 알이랴?"

"부화장 사람이 무정란이라며 몇 개 주드만."

어머니는 마당 한쪽에 만들어 놓은 아궁이에 불을 지폈고 아
버진 죽은 병아리를 솥에 넣는다. 나는 밤나무 밑에서 캐 온 그

릇을 솥 옆에 나란히 놓고 병아리가 다 삶아지기를 기다린다.

"동네 사람들이 몰라서 그렇지 알면 우릴 사람으로 안 볼 꺼여."

다 삶아진 병아리를 솥에서 꺼내 그릇에 조금씩 담는다.

"이런 일을 꼭 혀야 쓴 대요."

"그려야 니가 중핵교 갈 때 쓰지. 우리가 안 뜸 사람들처럼 밭뙈기가 있냐 논이 있냐. 있는 거라고는 손바닥만한 밤나무밭 뿐인디."

아버지와 삶은 병아리가 든 그릇을 밤나무 밑에 묻어놓는다. 일 주일 가량을 그렇게 놓아두면 왕지네들이 그걸 먹으려고 그릇 속으로 수십 마리씩 들어갔다.

아버지는 그릇 속에 들어 있는 왕지네를 집게로 꺼내 철판 위에 놓고 볶았다. 그때 지네의 노린내로 숨쉬기조차 거북해 대나무밭으로 들어가 한동안 나오지 않았다. 아버지는 볶은 지네를 그늘에 말려 백 마리씩 명주실로 묶은 다음 한약시장에 내다 팔았다. 해마다 늦가을까지 계속되었고, 그 일이 끝나면 밤 수확을 했다. 그때 우리의 지네 잡이를 동네 사람들은 한 명도 알아채지 못했다.

"뭘 생각해요. 지네가 징그럽지도 않아요."

마지막 비상구

"징그럽긴 이런 조그마한 동물을 보고 질겁할 게 뭐 있어."

창밖으로 내던진다.

"정말 여기서 못살겠어요."

뒤쪽이 공원 밤나무밭이고 보니 곤충들이 많이 끌었고 그 중 밤나무를 좋아하는 지네가 가장 많았다.

"당신 말대로 고층 아파트에서 살고 싶은 거야."

"얼마나 편해요."

기세등등한 아내의 말을 듣고 더 말할 필요를 느끼지 않아 리모컨을 들고 TV 채널을 이리저리 바꿔본다.

"요즈음은 볼게 없어."

자조 섞인 말을 하고 리모컨에서 붉은색 버튼을 눌러 버린다.

"당신 벌써 자려는 건 아니지."

막 방 안으로 들어가려고 하자 거울 앞에 앉아 화장을 지우고 있던 아내가 거울을 통해 바라본다.

"할 게 뭐 있나 잠이나 자 두는 것밖에."

방 안으로 들어가 버린다.

방 안에 덩그러니 누워 갑자기 닥친 실직 이후의 삶을 되돌아본다. 매일같이 혼자서 할 일 없이 뒹굴거리며 가끔씩 나타나곤 하는 궤도 위의 열차 같은 지네를 살피는 일과 햇빛이 찬란한 창밖의 풍경만 바라보고 있다. 이렇게 되고부터 아내는 자기의 입지가 커졌다는 표시로 가끔씩 발광하듯 소리를 지르고 나는 아내의 변한 모습을 그냥 멀거니 바라볼 뿐이다. 그럴 때마다 아내는 자기의 언행에 대해 미안함을 느꼈는지 멋쩍게 눈을 밖으로 돌린다.

이렇게 지낸 지 일 년이 지났다. 현실을 부정하려고 무던 애를 썼지만 그때마다 돌아오는 것은 자학뿐이다.

실직 후 시 쓰기에 열중했다. 그중 죽음이 슬금슬금 우리 주변을 훑고 다니는 시는 다시 읽어보아도 좋아 보였다. 슬금슬금 다가오는 죽음을 두려워하지 않는 것은 어쩌면 죽음에 대해 도전해 보고 싶은 욕망에서 였을 것이다.

어제였다. 영화동에 있는 슈퍼에서 맥주잔을 기울이던 친구의 모습이 이상스러울 정도로 어색했다. 조직폭력배로부터 밀린 채권을 갚지 않으면 죽인다고 협박당한 친구의 친구는 술잔만 비워대고 있었다.

친구의 친구는 죽음이 두려운지 겁에 질려 있고 친구는 친구가 걱정이 되는지 무엇을 골똘히 생각해보았다. 한참을 생각하던 친구가 묘수가 없는지 맥주잔을 비우고 신경질적으로 테이블 위에 쾅 하고 내려놓았다.

긴장된 그들의 모습을 보니 웃음이 터져 나왔다. 친구의 친구는 내 얼굴을 쳐다보며 한차례 노려보다가 분을 삭이려고 머리를 숙였고 터져 나오는 웃음을 억제하지 못해 두 친구를 번갈아 바라보기만 했다. 친구의 친구는 침묵을 하고, 친구는 이상스런 분위기를 만든 나를 보며 한심하다는 표정을 했다. 친구의 친구는 내 이상스런 행동을 보고 분한 지 한참 동안 말이 없었고 친구는 이런 상황에서 키득거리는 나를 너무도 잘 아는 터라 이해하라는 투로 친구의 빈 잔에 맥주를 채웠다. 친구의 친구는 맥주를 벌컥벌컥 마시고 맥주잔을 신경질적으로 내려놓았다. 내가 미안하다는 뜻으로 그의 잔에 다시 맥주를 채우자 맥주잔을 들고 있던 그의 손이 가느다랗게 떨렸다.

"당신 자는 거요."
콜드크림으로 화장을 벗겨낸 아내가 방으로 들어오며 말한다.
"자긴."
아내가 야릇한 눈웃음을 지으며 다가온다. 아내 밑에서 한동안 허우적거리다 이내 골아 떨어져버린다.

괴롭혀 오는 꿈은 오늘도 계속된다. 직장의 송별파티, 이사들과 같은 부장급이었던 동료 넷, 남자 직원 둘에 십오 명의 여직원이 자리했다. 회사를 떠나며 송별사를 하라던 선임이사의 말에 일어서서 낄낄대기만 했다. 웃음을 참으려고 입을 막아도 나오는 웃음을 어찌할 수 없었다. 이사들은 물론이고 여직원들까지도 이상한 눈으로 바라보며 연민의 정까지 실어 보냈다. 송별사를 기다리던 선임이사는 침통해하면서 앞에 놓인 소주잔을 들고 쾅 하고 식탁에 내려놓고 나가버렸다. 술이 튀긴 옷을 툴툴 털며 선임이사를 따라 나가는 동료들의 차가운 발걸음들……. 그들이 시야에서 벗어날 즈음 잠을 깨곤 한다.

이런 지난날이 꿈속에 자주 나타나는 것은 무엇 때문인가? 그 꿈을 꾸고 나면 새벽이든 초저녁이든 그때부터 한잠도 이룰 수가 없었다. 잠에서 깨 모로 틀어 등을 보이고 자고 있는 아내를 본다. 자기 일을 끝마친 아내는 깨우는 것을 싫어했다. 잠이 깼다는 표시로 부스럭거려도 신경질을 부렸다. 그때부터 아내의 등을 바라보며 아내의 애인을 생각한다. 아내는 벌써 오래전부터 애인이 있고, 그 사람과 가끔씩 동침을 즐기고 있다는 사실도 알고 있다. 그 사실을 알게 된 것은 채권자들에 쫓긴 친구와 친구의 친구가 머물던 외진 여관에서의 일이다. 창밖으로 호수를 바라보다 짙게 선팅한 검정색 승용차가 여관 담 옆에 멈추어 선 것을 보았고 차에서 나온 여자가 어디서 많이 보아 온 사람 같아 유심히 바라보다 깜짝 놀랐다. 그 여자는 아내였다. 아내가 남자의 팔에 안기며 우리가 머물고 있는 여관으로 들어왔다. 그때 낄낄거리며 웃고 말았다. 참으려했지만 나오는 웃음을 막을 길이 없었다. 허탈했다. 하지만 현실이었다. 한참 동안을 그렇게 웃기만 하자 친구가 일어나 창밖으로 고개를 내밀었다. 웃는 이유를 알 턱 없는 친구는 아무것도 없자 신경질을 부리며 자기가 누워 있던 자리로 되돌아갔다.

아내가 든 방은 우리가 머물고 있는 옆방이었다. 거친 숨소리가 벽을 넘어 흘러들었다. 같이 잠을 잘 때엔 한 번도 듣지 못했던 이질감 있는 소리, 친구의 친구는 벽을 차며 조용히하라고 고함을 질렀지만 그쪽에서의 교성은 한동안 계속됐다.

그 소리를 들으며 작은 냉장고 옆에 처박혀 낄낄대고 웃었다. 친구와 친구의 친구는 나를 묘한 눈으로 바라보며 이죽거렸다. 그들이 방문을 열고 나가는 소리를 듣고 혹시나 하여 창밖으로 고개를 내밀고 그들을 다시 보았다. 아내임이 틀림없었다.

아내가 가장 좋아하던 검은 칼라의 붉은색 재킷 그리고 짧은 진남색 스커트. 그 옷은 아내가 특별할 때만 입던 옷이다.

저녁이 되자 친구는 집으로 들어가라며 택시비를 건넸다. 친구가 쥐어준 이천 원을 들고 밖으로 나와 도심을 배회했다. 갈 곳이 없었다. 새벽이슬이 뿌옇게 내려앉고 있는 도심의 환락가 뒤편 어둑한 골목엔 취객들이 쭈그리고 앉아 문어처럼 흐느적거렸다. 그들과 같이 쭈그리고 앉아보았다. 하지만 정신이 더 맑아지는 것 같았다. 경계석에 앉아 도심을 바라보았다. 멀리 도심은 선명하게 푸른 기운이 감싸고 있었다. 마치 포위한 죽음의 색채가 하늘에서부터 짓누르고 있는 것처럼.

들어오는 것을 아는지 모르는지 아내는 기척이 없다. 거실에 있는 TV를 켜고 채널을 이리저리 돌려본다. 백색 줄무늬가 흔들거린다. 새벽 방송을 하는 곳이 한 군데도 없다. 창백한 백색이 헝클어지고 있는 자막을 그대로 놓아두고 멀거니 바라본다.

이질감 있는 소리가 들린다. 아내 머리맡에 둔 말하는 시계 소리다. '빨리 일어나' 시계는 가성을 반복했다. 처음 몇 번을 들어 넘긴 아내는 더는 참지 못하겠는지 시계의 스위치를 꺼버린다.

아내의 시계 소리를 처음 들었을 때 소스라치게 놀랐다. 강도나 도둑이 들어 우리를 감금하려고 내지르는 소리로 알아들어 그때도 낄낄대며 웃었다.

아내는 옷을 주워 입고 나오며 앉아 있는 것을 보고 놀라는 기색을 한다. 아내는 새벽 예배에 참여해야 한다며 양치질을 한다. 왜 아내가 새벽에 나갈 때면 으레 양치질을 하고 나가는지 모른다.

한 달쯤 지난 어느 날 가기 싫은 교회를 억지로 따라갔다. 예배시간 내내 다른 생각과 졸음으로 시간을 보냈다. 예배가 다 끝이 나고 광고시간이 다가오자 아내가 전도한 사람이 일어섰다. 아내의 이름이 들리자 잠에서 깬 그 사람을 쳐다보았다. 어디서 봤음직한 얼굴, 그를 기억해 내는 데는 그리 오랜 시간이 걸리지 않았다. 지난번 여관에서 아내와 함께 정을 통하던 그 남자였다. 그 남자라는 것을 기억해 내고는 낄낄낄 웃었다. 주위 사람들이 바라보며 의문스런 눈빛을 보냈다. 아내가 허벅지를 꼬집었다. 아픈 것보다도 웃음을 더 참지 못했다.

친구의 친구가 행방불명되자 친구는 백방으로 그를 찾아다녔다. 얼마 지나지 않아 금강호 물속에서 그의 차와 그가 발견됐다. 사인은 경제적인 문제로 비관하여 자살한 것으로 결정났다. 친구는 의외로 담담했다. 친구의 친구 장례식에서 슬피 우는 사람은 그의 노모뿐이었다. 기독교식으로 장례식을 치르던 화장장 맨 앞에는 검은색 옷을 입은 목사가 성경책을 들고 서 있었다. 그 앞으로 장례식에 참여한 사람들이 무표정한 얼굴로 목사를 바라보고 그때마다 목사는 힘주어 말한다. 천국에서 다시 만날 수 있으니 너무 슬퍼하지 말라고. 기도가 길게 이어지고 기도를 다 끝낸 목사는 장례식에 참석한 사람들과 악수를 하고, 친구는 나무의자에 앉아 담배를 피웠다. 친구의 옆으로 가자 두려운 눈으로 바라보았다. 그의 눈빛에서 친구의 친구 죽음을 유추할 수 있었다. 웃음이 속절없이 쏟아져 나왔다. 낄낄거리는 웃음소리에 장례식에 참석했던 모든 사람이 경멸의 눈빛으로 바라보았다. 그럴수록 더욱 웃음을 참지 못하고 담배를 피우고 있던 친구가 놀라 담배를 팽개치고 끌어냈다. 아마 그가 끌어내지 않았더라면 몰매 맞았을 것이다.

수천 기의 묘지가 빽빽이 들어차 있는 공원묘지를 걸어 나오며 길옆의 비석만 헤아려본다. 화장장에서 정문까지 묘비들만 백 기가 훨씬 넘었다. 정문까지 가는 길 가장자리에 삼나무가 하늘을 찌르고 있다. 정문을 나서며 화장장을 뒤돌아보니 하얀 백색 건물이 푸른 삼나무 가지에 반쯤 묻혀 있고 연돌 끝에선 아직도 검은 연기가 피어오르고 있었다. 물속에 있었던 시신이기 때문에 오래 탈거라 생각했다.

열 시가 넘었지만 집에는 아무도 없다. 아내가 출근하며 여학교 동창회가 있어 늦는다고 말했었기 때문에 기다리지 않았다. 열 시쯤 아내의 친구로부터 전화온 것 말고 전화벨이 한 번도 울리지 않았다. 아내의 친구도 같은 학교 동창으로 알고 있어 오늘 모임이 있는 걸 모르냐며 알려주었다. 아내의 친구는 어설픈 변명을 하고 전화를 끊었지만 내내 걸렸다.

지네가 여러 개의 객실을 달고 떠나고 있다. 어디로 가는지 이정표는 모르지만 지네가 기어간 자리엔 선명하게 레일이 깔려있다. 그곳을 알아볼 겸해서 지나간 지네를 끌어오면 지네는 다른 길을 선택해서 떠나갔다. 방해로 인한 시간의 오차를 줄이기 위해 간이역쯤은 건너뛰고 지름길을 택하고 있는 게 분명했다.

밤 열두 시가 넘자 친구로부터 전화가 왔다. 친구의 목소리는 벌써 술에 절어있다.

"안 나올래."

친구가 나 같은 사람을 불러내는 이유가 뭘까? 하고 생각에 잠겨 이유를 생각해본다. 위로받을 사람이 없어서 일거라 생각이 들자 전화를 끊고 옷을 주어 입는다.

바람이 공원에 떨어진 단풍잎을 쓸고 다녔다. 슈퍼에 도착해 친구를 찾아본다. 어두컴컴한 구석에 구겨져 있는 친구가 상체를 일으킨다.

"미안했다."

친구의 첫마디다.

장례식에서 했던 짓을 잘 알고 있어 고개를 들지 못한다. 친구는 수전증 환자처럼 손을 떨며 내 잔에 술을 따른다. 맥주 거품이 주르르 술잔을 타고 흘러내린다. 맥주잔을 들지 않고 친구의 얼굴을 바라본다. 눈엔 눈물자국이 선명하다. 친구를 그렇게 보내서 흘린 눈물일까? 아님 자신의 감정에서 흘린 눈물일까? 친구의 표정 없는 얼굴에서 약간의 슬픔을 발견한다. 웃음이 터져 나온다. 낄낄낄……

"술이나 마셔."

친구는 웃음소리가 지겨운지 술을 권하고 고개를 탁자에 박는다.

"친구는 어떻게 했어?"

"어떻게 하긴 지가 들어가 있었던 금강에 뿌렸지."

"그 친구 부인은 뭘 한데?"

"친구가 문제 아냐……."

친구의 붉게 충혈된 눈동자가 노려본다. 살기 어린 집착, 친구의 눈길을 피하려고 맥주잔을 들어 한 모금 마시고 내려놓는다. 맥주잔의 거품이 이미 꺼져버린 후다.

"그놈이 그래도 얼마쯤은 남겨둔 줄 알았어. 내 돈만은……."

마저 마시려던 맥주가 친구의 말을 듣는 순간 목에 걸린다. 갑작스런 기침에 입에든 맥주가 친구의 면전에 뿌려진다. 그 모습을 보고 웃음을 참지 못한다.

친구는 그 자리에서 일어나 붉게 충혈된 눈으로 노려본다. 점원이 달려와 휴지를 내민다. 얼굴을 천천히 닦으며 화를 진정시키고 제자리에 앉는다. 계속 웃음을 참지 못하고 키득거린다.

마지막 비상구

가을비가 추적추적 내리고 있다. 공원길에 은행나무 잎이 가을비의 무게를 이기지 못하고 자유스럽게 낙하하고 있다. 방 안에서 지켜보는 가을비 소리 속엔 버거운 삶의 무게가 있다. 그 소리를 덮으며 들려오는 다른 소리, 다소 이질감 있는 아이들의 웃음소리다. 아이들의 웃음소리가 산울림처럼 천진 스럽게 들려온다. 그 소리의 실체를 찾으려고 눈을 동그랗게 뜨고 공원의 모퉁이를 이 구석 저 구석 훑는다. 아무도 없다. 한기를 느끼고 이불장에서 이불을 꺼내 덮는다. 그래도 한기가 느껴진다. 어제 아내는 모임에 나가고 아침이 될 때까지 소식이 없었고 정오가 가까워서야 직장에 있다고 전화가 왔다. 누워있으니 친구가 걱정된다.

친구는 죽은 친구를 보증서 전 재산을 날렸고 그의 아내는 이혼하겠다는 말만 던져놓고 집을 나간 지가 벌써 여러 달이 란다. 친구는 모든 것이 어려웠지만 한 번도 술값을 요구하지 않고 혼자서 해결했다. 몸이 떨려온다. 이가 마주치며 딱따구리 소리를 낸다. 지네가 알을 품는 것처럼 허리를 말고 눈을 감으니 지난 일이 꿈같이 펼쳐진다.

백화점에 배치되어 있는 여직원은 백여 명에 달했다. 그들이 다 직원은 아니었고 수수료 매장이 80%를 차지하고 있었으니 80%는 외주업체의 여직원들이었다. 그들을 관리하며 교육을 담당하고 있었기 때문에 그들에게 아침마다 친절교육을 시켰다. 교육의 내용은 손님들을 대할 때 웃으며 말하는 친절교육이었다. 그들 대개가 열 시간이 넘게 서서 일했기 때문에 실천하는 데는 문제가 많았다. 쉴 수 있는 시간이 따로 있는 것도 아니었고 점심시간이 전부였다. 근무조건이 최악이었다. 몇 번 이사에게 쉴 수 있는 시간과 인원을 충원하자고 보고도 해보았으나 허사였다.

일이 발생한 것은 경쟁회사가 근처에 백화점을 내면서부터였다. 근무조건이 열악한 백화점에 매출이 줄어든 것은 뻔한 이치였고 매출이 40%가까이 줄자 사장은 매출을 올리라며 호들갑을 떨었다.

부장이라는 감투를 쓰고 있어 매장에서 일어나는 사소한 사건까지 뒤집어 써야 했다. 이사들에게는 사장의 친인척이었기 때문에 아무 책임도 지워지지 않았다.

백화점이 서비스업이기 때문에 직원들의 몫이 크다는 요지로 시작하여 직원들이 쉴 수 있는 시간과 인원을 충원하여 근무체계를 바꿔야 한다는 기안을 해올렸다. 그 기안을 직접 훑어보던 사장은 기획 안을 내 면전을 향해 던졌고 나는 흩어진 종이를 주우며 낄낄낄 웃어버렸다. 그것이 직장 생활의 마지막이었다.

아내의 문 여는 소리가 잠결에 들린다. 오한에 떨고 있었지

만 이불 속에 든 내 상황을 모르는지 외출복을 벗는 소리가
바스락거린다.

"자는 거요?"

아내의 물음, 그 속에는 어제의 변명도 섞여 있는 물음이
다. 꿈쩍하지 않고 앓는 소리가 나오는 것을 이를 악물고 참
았다. 오한에 윗니와 아랫니가 부딪쳐 소리를 냈다. 예전 같
으면 내 행동을 보지 않더라도 감으로 증세를 알아차렸지만
지금은 아니다.

"자냐구요?"

이불을 걷어치운다. 아내의 거친 손끝을 느낄 수 있다. 지
네가 알을 품을 때 동그랗게 말고 있었던 것을 기억하고 손을
안쪽으로 하고 다시 동그랗게 몸을 만다.

"왜 그래요?"

앓는 소리를 참으려다 저절로 입 밖으로 소리가 나온다.

"나 좀 놔둬, 제발."

겨우 그렇게 말하고 아내가 걷어 친 이불을 빼앗아 덮는다.

"당신 정말 미련한 사람이우, 그렇게 몸이 좋지 않으면 약
이라도 사다 먹어야지."

그 말을 던져놓은 아내는 거울 앞에 앉아 화장을 지우고 있
다. 빗소리가 후두둑후두둑 소리를 내고 바람도 세차게 불어

댄다. 이대로면 아마 내일쯤엔 은행나무의 노란 잎이 한 잎도 남아 있지 않을 거라는 생각이 든다. 아내는 가을비 소리가 듣기 싫은지 음악을 튼다. 쇼팽의 야상곡이 방 안에 차곡차곡 채워진다.

비몽사몽간에 낮에 보았던 지네를 생각한다. 레일 위를 천천히 걸어가는 지네의 발걸음, 절지동물로 한 마디에 한 짝의 다리를 가지고 있고 그 다리 수는 헤아릴 수 없었다. 그들이 찾아가는 공간이 어느 공간일까? 아마 그들이 가고 있는 그곳은 눈부신 햇살이 오색으로 실을 내뿜는 그런 공간일 것이다. 지네의 알 품기처럼 베개를 안고 등을 구부렸다. 따뜻하고 부드러운 오색실이 오소소 쏟아진다.

낮에 보았던 아이들이 환한 햇빛을 받으며 노래를 부르고 있다. 그들은 자꾸 잡을 수 있는 거리에서 멀어졌다가 다시 오는 연속된 행동을 하고 있다. 아이들과 함께 노래를 부른다. 아이들이 다가와 내 주위에 동그랗게 앉아 웃음을 터트린다. 아이들의 웃음소리가 피부를 자극하며 간지럽히고, 그런 아이들과 함께 웃는다. 고즈넉한 오후의 햇살이 따사롭게 내려 박히고 해맑은 아이들의 웃음소리 속에 내 웃음소리가 섞인다.

"잠자며 무슨 일이요."

꿈이었다. 아내는 이불을 걷고 얼굴을 보며 심각한 표정을 짓는다. 이마엔 땀이 흥건히 고여 있다.

"당신 약 좀 사올까?"

말하지 않는다. 아내가 약을 사와도 먹지 않으리라는 생각까지 하고 눈을 감아 버린다. 잠시 후 아내는 잠옷 위에 바지와 외투를 걸치고 밖으로 나간다. 담 밖에서 차의 시동 소리가 크르릉댄다. 집에서 약국까지 가려면 이백 미터도 되지 않지만 아내는 꼭 차를 이용한다. 아내는 귀찮은 듯 약을 내려놓고 침대로 올라가 잠을 청한다. 침대 밑에 누워 아내가 사온 약을 손바닥에 털어 본다. 빨간 알약 한 개와 흰색과 청색이 반반인 캡슐로 된 약 그리고 크기가 다른 하얀 알약이 한 줌이나 된다.

자리에서 일어나니 몸이 휘청거린다. 수도꼭지에서 물을 받아 한 모금하고 알약을 공원 숲 속으로 한 개 한 개 집어던진다.

친구가 걱정되어 전화한다. 전화기에서 듣기 거북한 낯선 여자의 음성이 들린다. 통화 정지중이라는 내용이다. 시내로 나가 길거리라도 돌아봐야겠다고 마음먹고 옷을 찾는다. 청바지가 세탁기에서 나온 상태로 말라 쭈글쭈글하다. 손으로 잔주름을 펴보려고 당겨 봐도 소용없다. 그대로 입고 돌아다니다 보면 펴질 거라 생각하고 거리로 나선다. 고즈넉한 오후의 햇살이 눈부시다. 다 떨어져 버릴 것 같았던 은행나무 잎은 아직 많이 달려 있다. 친구가 매일 살다시피 했던 슈퍼에 맨 먼저 들르니 쳐다보지도 않던 슈퍼 주인이 다가온다.

"며칠을 기다렸는데……."

주인은 하얀 편지봉투를 내민다. 친구와 앉곤 했던 구석진 자리에 앉아 편지를 열어본다. 친구의 글씨가 틀림없다. 어린 시절부터 쭉 같이 자랐던 친구다. 이렇게 되었어도 술자리를 같이하던 친구고, 친구의 의도야 어떻든 그래도 살아 있다는 것을 느끼게 했던 친구다. 모든 걸 정리하고 서울로 떠난다는 글과 앓고 있어 만나지 못해 섭섭하다는 내용의 글이 적혀 있다. 친구와 술이라도 한잔하려고 어렵게 준비한 만 원권 지폐가 호주머니 속에서 껄끄럽게 만져진다. 큰소리로 웃으며 그곳을 나온다. 차츰 햇살이 눕는다. 친구의 친구가 죽어서 발견된 금강으로 발길을 돌린다. 그때의 충격으로 보여 지는 쇠 울타리가 십여 미터나 망가져 있다. 그곳에 걸터앉아 붉은 태양이 타며 꺼져 가는 것을 바라본다. 붉은 기운이 하구의 물빛을 핏빛으로 물들이고 있다. 황혼이 막 끝날 즈음 발밑을 내려 본다. 십여 미터가 족히 넘어 보이는 절벽이다. 절벽 밑으로 새까만 물빛이 방금 나온 가로등에 번들거린다. 그렇게 밑을 내려 보고 있을 때 섬뜩한 호루라기 소리를 내며 누군가가 다가온다.

"당신, 뭐 하는 거요?"

다가온 청경은 몰골을 보고 위엄스럽게 말한다.

"이렇게 앉아있으면 안 되는 겁니까?"

퉁명스럽게 말하자 청경은 다짜고짜 팔을 잡고 일으킨다.

"당신이 여기서 죽으면 나는 그만 둬야 돼요. 지난번 일로 징계중인데……."

청경은 자살을 기도하려는 사람으로 알고 있다. 자살이라도 할 수 있는 용기가 있을까? 하고 잠시 생각해 본다. 청경은 자기의 이야기를 지껄인다. 자살을 하려는 사람한테 하는 일종의 훈계다.

"난, 죽으려는 사람이 아닙니다."

듣기 싫어 몇 번을 그렇게 말한다. 그럴수록 청경은 자기의 어려웠던 과거사를 말하며 흘끔흘끔 내려 본다. 어떻게 해서라도 청경의 손아귀에서 벗어나 보려고 내 생각이 잘못됐다고 말한다. 그 말을 들은 청경은 안심이라는 듯 자판기에서 커피 한잔을 빼주며 용기 있게 살아보라고 말한다.

그곳을 빠져나오니 마땅히 갈 곳이 없다. 하나뿐인 친구가 떠나버린 도시는 텅 빈 술병 모양이다. 술이라도 한잔 해보고 싶은 충동에서 친구와 노상 마셨던 슈퍼를 밖에서 쳐다본다.

왠지 어색하다. 새벽이 다되도록 배회하다 집으로 향한다. 이곳의 새벽은 안개부터 내려앉았다. 지척을 분간할 수 없는 짙은 안개가 온 도심을 삼켜버린 후 집에 도착해 방을 올려본다. 아직 불이 켜져 있다. 직감적으로 아내가 오늘도 늦게 들어왔구나 생각한다. 방문을 열자 환한 전등불빛이 얼굴로 와락 달려든다.

"당신 어디 갔다 이제 오는 거요?"

아내의 이상스런 톤의 목소리에 등골이 오싹할 정도의 한기를 느낀다.

"어딘……."

아내의 모습을 겨우 바라본다. 예전과 같지 않은 아내의 모습을 직감적으로 느낀다.

"시골 어머니께서 위독하시다는데."

"뭐요?"

아내의 운전 솜씨는 거칠다. 차는 안갯속을 헤치며 시속 백 킬로를 넘나든다. 안개 사이로 어머니의 형상이 지워지지 않는다.

아버지가 돌아가시고 어머니는 늘 혼자 사셨다. 같이 살자고 해도 밤나무밭과 그동안 악착스럽게 벌어 사들인 밭뙈기 그리고 손바닥 만 한 논 한 배미를 지켜야 한다고 고집을 피웠다.

집에 도착하니 마당에 불이 훤하게 켜 있었고 조용했다. 동네 사람들이 어머니 곁에 모여 앉아 있었다. 내가 도착하자 어머니를 둘러싼 사람들이 물러선다.

어머니를 부르자 내 목소리를 알아들었는지 몸을 꿈틀거린다.

"왜 베개를 저렇게 잡고 놓지 않는지 모르겠소."

안동네에 사는 진우 어미다.

어머니는 꼭 지네가 알을 품듯 베개를 가슴에 품고 허리를 동그랗게 말고 있다. 어머니의 손을 잡고 몇 번 부르자 말았던 몸을 편다. 의사가 왕진했는데 오늘을 넘기지 못할 거라 말했다고 진우 어미가 귀띔해 준다. 실감이 나지 않았지만 현실이다.

날이 밝고 눈부신 아침 햇살이 창을 통해 들어온다. 시원한 바람이 들도록 창을 여니 어머니는 편안하게 다리를 쭉 펴고 미간에 찡그려있던 주름도 편다. 무서운 밤을 지새운 어머니가 편안해진 것으로 생각하고 쭈그리고 앉아 졸고 있는 진우 어미를 깨워 말한다.

"어머니께서 편안한가보죠."

진우 어미는 어머니를 보고 깜짝 놀란다.

"언제 그랬어."

"방금."

진우 어미는 어머니의 코에 손을 댄다. 그리고 가슴을 열어

귀를 댄다.

"운명하셨어."

그 말이 떨어지자 주체할 수 없는 웃음이 터져 나온다. 진우 어미는 흐드러지게 웃고 있는 모습에 놀라 한 걸음쯤 뒤로 물러서며 심각한 표정으로 바라본다. 아내도 할 말을 잊었는지 놀란 표정을 짓는다. 그렇게 흐드러지게 웃고 있을 때 눈에서는 눈물이 하염없이 쏟아진다.

밤나무밭 옆 밭뙈기 끝엔 십 년 전 세상을 등진 아버지의 묘가 있고 그 옆에 어머니를 모셨다. 아내는 삼우재가 끝나고 직장일로 먼저 떠나고 나는 고향에서 며칠을 지내며 지난날을 생각했다.

밤나무밭엔 아직 수확이 덜된 굵은 밤알이 밤나무 잎 위에 이슬을 머금고 있다. 한 소쿠리나 되는 밤을 주워놓고 지네가 있을 밤나무 잎을 들춰본다. 아무것도 없다.

밤을 들고 집으로 들어와 어머니가 홀로 누워 계셨던 방 안에서 뒹굴거린다. 어디서 나왔는지 왕지네 한 마리가 방 안을 가로지른다. 집에서와 같이 지네가 기어간 자리엔 어김없이 레일이 깔려있고 그 길 위로 찬란한 가을 햇살이 오소소 쏟아진다.

　　　　　　　　　　　　　　마지막 비상구

배스낚시

명경지수 위에 달맞이 꽃망울이 노랗게 빛을 발한다. 석우는 졸음이 쏟아져 눈을 감고 있다가도 달맞이 꽃망울이 달빛을 받아 막 피어오르는 환상을 보고 깜짝 놀라며 눈을 뜬다.

"그려, 조금만 기다려보자 곧 날이 밝을 거야."

호수 위의 노란 불빛을 한동안 바라보다 졸음에서 벗어나려고 어제저녁에 건져 올린 손바닥 만 한 붕어 몇 마리가 든 물고기 망태를 버릇처럼 들어 올렸다 내려놓는다. 그때마다 망태 안의 붕어는 깜짝 놀라며 듣기 좋게 퍼덕거린다.

졸음을 쫓으려고 두 눈을 손가락으로 누르고 머리를 좌우로 흔들어본 후 다시 호수를 바라본다. 호수 위에 펼쳐진 별꽃들이 마치 가을 밤 들에 핀 개망초같다.

오늘 새벽에는 놈이 오지 않아야 할 텐데 하면서도 아침 한

때의 낚시를 위하여 놈을 유인할 플라스틱 가재루어를 낚싯
줄에 고정하고 물 위에 띄울 부표를 손질하여 두 칸 반 대와
세 칸 대에 매달아 손이 닿을 만한 곳에 가지런히 놓는다.

"이제 됐어. 한번 와 보시지."

찌를 바라보다 놈이 루어를 삼켰을 때를 생각해 한 손으로
낚시 가방을 뒤적여 배스의 목에서 바늘을 빼낼 마루펜치를
내놓고 다시 한 번 루어를 바라본다. 마치 살아 꿈틀거리는
것 같은 가재루어에 놈이 속아 넘어갈 것을 떠올리며 만족스
런 미소를 보낸다.

"놈이 오지 않으면 좋으련만. 아니, 와도 상관없지. 허허
허……."

헛웃음을 웃으며 가재루어를 게걸스럽게 씹는 모습을 상상
한다.

"아니지…… 아니야. 생기기는 멍청하게 생겼지만 워낙 힘
이 좋아서……."

혼잣말을 하며 지난번 아침을 망쳐버렸던 충주호의 일을
생각한다. 그때 만났던 놈은 몸집이 아주 큰 켄터키배스였다.
얼마나 징그러운지 이빨이 혀에까지 돋아난 놈이었다. 낚싯
대가 끊어질 듯 활처럼 휘어도 놈은 아무렇지도 않다는 듯 물
속에서 자유자재로 낚싯대를 흔들었다. 그렇게 한 시간 가량

실랑이를 벌이자 놈이 지쳤는지 물 위에 나타났다. 이제 잡았다. 생각하고 뜰채를 바라보며 잠깐 줄을 늦추는 순간 줄을 끊고 도망쳐 버렸다. 허탈하여 한동안 호수의 수면을 망연히 바라보고 있으니 물안개 위로 아침 해가 솟아오르고 있었다. 그때 문득 아침 햇살에 물든 연한 갈색의 물안개가 광야에서 바그다드 시내로 들어오는 급수용 배관공사가 떠올랐다. 그때 굴삭기 기사로 참여했었다. 메마른 광야의 흙을 굴삭기로 파헤칠 때마다 노란 흙먼지가 날렸다. 흙먼지는 광야에서 불어오는 모래바람과 섞여 눈을 뜰 수 없었고, 숨도 제대로 쉬지 못했다.

코발트색 하늘이 점점 짙어진다. 코발트색 하늘이 잠시 동안 짙어지다가 날이 밝아온다는 것을 그간의 경험에서 잘 알고 있다. 피로에 지쳐 몽롱해진 정신을 가다듬으려고 엄지손가락으로 눈을 아플 정도로 깊게 누른다. 너무 깊게 누른 탓에 한동안 눈앞이 캄캄해 아무것도 보이지 않는다. 잠시 눈을 감고 있다가 눈을 뜨니 동쪽 하늘이 뿌옇게 열리기 시작하면서 호수 위의 별들이 하나하나 사라진다. 호수에는 마치 가마솥에 쇠죽을 쑤듯 물안개가 피어오른다.

곧 있을 입질에 대비하며 노란 불빛이 빛을 잃어가는 찌를 뚫어져라 바라본다. 긴장이 고조되면서 머리가 명료해 지는 것을 느끼는 순간 찌가 가늘게 떠는 것을 직감한다. 잘못 보았나 싶어 눈을 크게 뜨고 더욱 집중한다. 다시 한 번 찌가 가늘게 떤다. 찌의 움직임으로 보아 송사리가 왔다는 것을 직감적으로 느낄 수 있다. 송사리는 큼직하게 달아놓은 지렁이를 한꺼번에 삼킬 수 없어 지렁이의 붉은 살점을 끝부터 떼어먹는다. 아니, 빨아먹는 것이 옳다.

물속에 송사리 떼가 우글거리면 곧 큰 고기가 몰려온다는 반증이다. 큰 고기들은 멀리서 송사리 떼가 활발하게 움직이는 것을 바라보고 있다가 어떤 일이 생겼는지 궁금하여 다가오고, 그렇게 되면 주위에 있던 송사리 떼는 큰 고기에 밀려물러간다. 송사리를 몰아낸 대어들은 배고픈 참에 의심도 하지 않고 미끼로 달려들어 한입에 덥석 문다. 낚시꾼들은 그때를 놓치지 않아야 한다. 대어들은 한 번 들이킨 먹이에 이물질이 들어 있다는 것을 느끼면 순간적으로 그 먹이를 토해낸다. 낚시꾼들은 대어가 먹이를 토해내기 전에 낚싯대를 짧게 끊어 올려 대어의 윗입술에 낚싯바늘을 정확히 꽂고 아우성치는 대어에 탐욕적인 손맛을 느끼며 천천히 뭍으로 끌어낸다.

송사리들이 물러갔는지 조용하다. 십중팔구 송사리들이 미끼를 흔적도 없이 따먹었든지 아니면 대어들이 주위에 와있든지 둘 중 하나라고 확신하며 긴장을 풀지 않고 기다린다. 생각 없이 낚싯대를 들었다간 미끼 주변에서 유영하던 의심이 많은 대어들이 다시 깊숙한 물속으로 들어 가버릴 것이다. 거기까지 생각하고 입질의 틈을 노리기 위해 가만히 낚싯대 위에 손을 올려놓는다. 긴장된 시간이 5분 가까이 흘러도 입질이 없자 수면 위에 파문이 생기지 않게 조심하여 낚싯대를 들어올린다. 생각대로 미끼가 흔적도 없다. 지렁이통에서 선홍빛으로 윤기가 흐르고 있는 5센티 가량의 크기에 제법 통통히 살이 올라있고, 활발한 지렁이를 고른 다음 지렁이의 횡주혈관을 지날 수 있도록 낚싯바늘을 꼽는다. 그렇게 해야 송사리들이 지렁이를 입으로 잡아당겨도 횡주혈관의 두께 때문에 잘빠져나가지 않는다. 지렁이가 바늘에 제대로 걸렸는지 확인하고 줄을 잡는다. 낚시에 매달린 지렁이가 고통스럽게 꿈틀댄다. 잡은 줄을 적당하게 잡아당겨 낚싯대를 휜 다음 그 탄력으로 생각한 곳에 정확히 미끼를 떨어뜨린다. 미끼가 물속으로 들어가 자리를 잡기 전에 찌가 좌우로 움직이며 요동한다. 아직 송사리 떼가 주위를 떠나지 않았다고 생각하고 미간을 찡그린다.

주위에 대어가 없다면 오늘 새벽은 이렇게 끝이 날 것이다. 호수의 수면에 우윳빛 안개가 깔려있다. 바람도 적당해 수면

에 잔물결이 일고 손을 물속에 넣어보니 수온도 적당하다. 긴
장하며 밝아오는 호수를 바라본다.

"빨리 와야 한다. 날이 밝아버리면 오늘은 끝장이야."

지난번 고산천에서 잡았던 36센티 월척인 황금참붕어를 떠
올리며 찌를 뚫어져라 바라본다. 그때도 오늘과 같은 날씨였
다. 5일간 같은 장소에서 월척을 기다린 끝에 잡아 올렸다.
그때 동료였던 기환은 아무리 파 봐도 소용없다고 말하며 자
리를 이동해 보라 말했었다. 하지만 칠 년을 기다려 딸을 낳
았고, 그 뒤로 아들도 낳았다고 말하며 기환의 말을 일축하고
끝까지 기다렸다.

좌우로 요동치던 찌가 다시 잠잠하다. 이번에도 송사리들
이 미끼를 다 따먹었을 것이라고 생각하며 생각 없이 낚시를
들어올린다. 낚싯바늘을 손에 쥐고 깜짝 놀란다. 반쯤 따먹은
미끼가 낚싯바늘에 그대로 매달려 있다. 송사리들이 작은 입
으로 얼마나 몸부림쳤는지 지렁이의 끝이 하얗게 녹아있다.
지렁이 끝을 바라보며 직감적으로 대어가 주위에 와있다고
확신한다. 낚싯바늘에 매달려 있는 지렁이를 떼어내고 깻묵
과 보릿가루를 섞어 잘 개어놓은 떡밥을 콩알처럼 만들어 낚
싯바늘에 꿴다. 손에 묻어 있는 깻묵의 고소한 냄새가 풍긴
다. 송사리 떼 때문에 주위에 와 있는 붕어는 고소한 냄새에

이끌려 미끼를 한입에 덥석 들이켤 것이다.

"왔어. 제발 한입에 덥석 들이켜라."

혼잣말을 하며 미끼를 던져 넣는다.

생각했던 곳으로 정확하게 미끼가 떨어지고 떨어진 곳으로부터 작은 원이 점차 크게 번진다. 다른 한 대의 낚시를 걷어올려 이미 죽어있는 지렁이를 떼어내고 지렁이통에서 가장 활발하게 꿈틀거리는 지렁이를 꺼내 지렁이 등에 낚싯바늘을 꼽는다. 제아무리 신중하고 의심이 많은 녀석이라도 눈앞에서 꿈틀대는 먹이를 바라보고만 있지 않을 것이다. 라고 생각하며 수초에서 30센티 정도 비킨 곳에 정확히 던져 넣는다.

"덥석 물어보라고."

한눈으로 두 개의 찌를 바라보며 혼잣말을 한다.

붕어의 입질은 정말 탐욕적이다. 낚시꾼들이 붕어를 좋아하는 이유도 입질 때문이다. 호수의 밑바닥에 닿을 듯 말 듯하게 부력을 조정하여 미끼를 넣어두면 배고픈 붕어들은 미끼를 발견하고 위에서 내려가며 미끼를 빨아들인다. 이때 물위에서는 낚싯줄에 매달린 찌가 달밤 달맞이꽃 몽우리가 막 피어나려고 고개를 내밀듯 솟아오른다. 붕어는 먹이를 들이켜고는 미끼에 섞여 있는 금속성을 느끼는 순간 뱉기 때문에 붕어 입속에 미끼가 들어 있을 순간을 노려야 한다. 결국 그 순간 포착이 낚시꾼의 경력인 것이다.

자꾸만 찌가 높이 솟아오르는 것 같은 착각을 느낀다. 그때마다 정신을 찌에 집중한다. 찌를 뚫어져라 바라보고 있을 때 물속에서 검은 물체가 유선을 그리며 물을 휘젓고 지나간다. 뭔지는 모르지만 물이 솟구치는 것으로 보아 삼십 센티는 족히 넘는 놈이다.

"그래. 내 생각대로 온 거야. 빨리 미끼를 들이켜라고."

긴장하며 낚싯대 위에 손을 올려놓는다. 하지만 5분 가까이 지나도 찌가 움직이지 않는다. 이상하다 생각하며 손을 낚싯대에서 내려놓고 개어놓은 미끼에 코를 대 냄새를 맡아보고 혀로 맛을 느껴본다. 고소한 냄새와 맛으로 보아 상하지 않았다는 것을 확인하고 다시 긴장하며 찌를 바라본다.

자꾸만 수면 가까이에서 움직였던 놈이 눈에 선하게 떠오른다. 크기로 보아 붕어보다는 잉어 쪽에 가깝게 느껴진다. 자꾸만 잉어가 걸려 찌가 물속으로 곤두박질 칠 것 같아 가슴이 뛴다. 수면 가까이에서 움직였던 놈이 낚시에 걸려든다면 아마 어쩌다 한 번씩 있는 일이 일어날지 모른다고 생각하며 낚싯대 손잡이 끝에 있는 안전장치인 방울을 바라본다. 잘 익은 피망같이 생긴 방울이 고무줄에 늘어져 시계추처럼 움직인다. 대어가 덥석 물고 순간적으로 낚싯대를 끌어 당겨도 안전장치가 땅속에 깊숙이 박혀있는 받침대의 고리에 걸리게 되어있어 안심이다.

호수에 잔잔한 파도가 마치 소 위장의 융털처럼 부드러운 곡선을 유지하고 있다. 저음의 간지러운 파장처럼 연속되는 곡선을 바라보다 문득 TV에서 보았던 사막의 모래톱이 떠오른다. 카멜레온처럼 암갈색 얼룩 옷을 입은 군인들은 모래톱에서 기어 나와 모래바람을 뚫고 도시로 달려 들어갔다. 도리질하며 정신을 찌에 집중한다. 찌는 미동도 하지 않고 잔물결 때문에 자꾸만 어지럽다. 시간이 흐를수록 대어의 꿈보다는 아무것도 잡히지 않을 것 같은 생각과 함께 허무감이 몰려든다.

아침 해가 떠오르면 수초가 전도체가 되어 수온이 호수 밑으로 빠르게 전달되는 수초 근처로 제법 큰 고기들이 몰려들게 뻔 하지만 이른 새벽 시간에는 수초 근처보다는 시야가 트인 수초에서 이삼 미터 떨어진 곳에 많은 물고기들이 모여든다. 눈이 어른거려 수초 근처에 놓아둔 낚싯대는 건성으로 바라보고 입질이 있을 낚싯대에 집중한다.

동쪽으로 길게 뻗어나간 산등성이에는 경마의 갈기처럼 가을나무들이 늘어서 있고, 코발트색 하늘 위로 늦게 나온 초승달이 바그다드에서 보았던 이슬람교당 꼭대기에 있는 적신월

사의 표식처럼 서글픈 모습으로 매달려 있다.

수면 위에 실바람이 적당하게 불어대지만 찌는 미동도 하지 않는다.

"오늘도 틀린 거야."

점점 연해지는 코발트색 하늘과 밝을수록 시나브로 하얗게 변해가는 초승달을 바라보며 중얼거린다.

날이 밝아오면서 바람이 서늘하다. 사막의 모래톱 같은 부드러운 곡선이 빠르게 움직이면서 번들거린다. 눈이 어지럽다. 눈을 감으면 자꾸만 졸음이 밀려온다. 어제 저녁에 쳐놓은 텐트로 눈을 돌리며 잠이라도 잘까 생각한다.

"그래 삼십 분만 기다려보자. 밤새도록 기다렸는데……."

중얼거리며 눈을 비비고 있을 때 발 앞으로 은색 송사리 한 마리가 튀어나온다.

"뭐야."

깜짝 놀라며 자기도 모르게 중얼거린다.

"이런 경우도 있는 것인가. 물고기가 뭍으로 튀어나오다니."

발 앞에서 팔딱거리는 송사리를 주워 이리저리 살펴본다. 외관으로 보아서 아무렇지도 않다. 송사리를 다시 물속에 던져 넣고 씁쓸한 표정으로 찌를 바라본다. 날이 밝아오면서 물안개가 더욱 짙게 호수를 덮는다. 한동안 숨소리조차 가늘게 긴장하며 찌를 바라보다 낚시를 걷어본다. 떡밥으로 만든 미끼가 물에 풀려 아무것도 없다. 다시 떡밥으로 낚싯바늘을 덮어 위장하고는 물속에 던져 넣는다.

"이렇게 냄새가 고소한데도 덤벼들지 않는단 말인가."

중얼거리며 물속의 모습을 상상한다. 그때 다시 송사리 한 마리가 뭍으로 튀어나온다. 자리에서 일어나며 물속을 바라본다.

"왜 그러는 거야. 너희들 날 놀리는 거야."

혼잣말을 하고는 다시 튀어나온 송사리를 주워 물속에 던져 넣는다. 물속에 던져 넣은 송사리는 빠르게 수초 근처로 헤엄쳐 들어간다. 일어나 물속을 살핀다. 물속은 고요하고 이상 징후가 없다. 석우는 이상한 날이라고 생각하며 자리에 앉아 밝아오는 호수를 바라본다. 물안개가 드리워진 호수 위에 모래톱 같은 물살이 자꾸만 달려온다. 날이 밝아오면서 호수가 한눈에 들어오고, 동쪽 산등선으로 붉은 기운이 올라오면서 호수의 물안개를 연황색으로 물들인다. 졸린 눈으로 물안개를 바라본다. 자꾸만 TV에서 보았던 바그다드의 함락 직전 암갈색으로 위장한 군인들이 모래바람을 뚫고 나오는 모습이 떠오른다. 그때마다 깜짝 놀라며 졸린 눈을 비벼 뜨고 찌를 바라본다. 그때 다시 송사리 한 마리가 뭍으로 튀어나온다.

신경질적으로 송사리를 잡아 멀리 던져 넣는다. 송사리가 물 위로 떨어짐과 동시에 암갈색 무늬의 커다란 물고기가 물 위로 솟아오르며 송사리를 낚아챈다.

"놈이 왔어. 배스가 온 거라고."

더 이상 생각하지 않고 낚시를 걷어 낸 다음 준비하여둔 배스낚시를 물속에 던져 넣고 배스를 기다린다.

"그래 송사리가 뭍으로 튀어나온 것도 붕어가 오지 않은 것도 다 이놈들 때문이야."

배스가 오면 작은 물고기들은 근처에 얼씬도 할 수 없고, 배스를 피해 이리저리 도망 다니던 송사리들이 막다른 곳에 몰리면 뭍으로 튀어나온다는 말을 들은 적이 있었지만 직접 겪어보기는 처음이다.

손에 뭔가가 묵직하게 느껴진다. 물속에서 우어를 툭툭 치는 느낌이 손에 그대로 전달된다.

"그래 물어봐."

낚싯대의 손잡이를 움켜쥔다. 그때다. 낚싯줄을 잡아당기는 느낌이 든다. 동물적 감각으로 낚싯대를 가볍게 끊어 올린다. 그동안 붕어낚시의 버릇이다. 우어의 꼬리와 배에 날카로운 낚싯바늘이 두 개씩 달려있어 우어를 덥석 물었다가는 제 아무리 큰 배스라도 빠져나올 길이 없다.

　　　　　　　　　　　　　　　마지막 비상구

낚싯줄이 팽팽하게 당겨진다. 놈이 당기는 탄력을 유지하며 놈의 동작에 따라 낚싯대를 움직인다. 놈은 점점 힘 있게 낚싯줄을 당긴다. 그럴수록 낚싯줄에서 고음의 기타 소리가 난다. 민물에서 수없이 큰 고기를 낚아보았지만 처음 느껴보는 손맛이다.

"제대로 걸렸어. 한번 빠져나가 보라지."

활처럼 휘며 고음의 금속성 소리를 내고 있는 낚싯대를 붙잡고 혼잣말을 한다.

좌우로 제멋대로 움직이던 놈이 수초 쪽으로 향한다.

"제법 영리한 놈인걸."

중얼거리며 수초 쪽으로 끌려가지 않도록 손에 힘을 준다. 수초로 들어가면 낚싯바늘이 아무리 단단하게 박혔어도 끌어내지 못한다. 놈이 수초 줄기에 낚싯줄을 감아버리고 느슨하게 만든 다음 바늘을 뱉어내기 때문이다.

"한 번 얼굴이나 보여 봐라."

낚시의 탄력을 그대로 유지하며 물 위로 올라오기를 기다린다. 한 번 물 위로 올라와 공기를 들이켠 물고기는 부레 속에 공기가 차 부력 때문에 더 이상 힘을 쓰지 못한다. 그때까지 탄력을 그대로 유지해야한다. 놈이 힘을 쓰면 끌려가듯 약간 힘을 뺀 다음 놈이 힘을 멈출 때 다시 자세를 고쳐 잡는다.

루어에는 강도가 뛰어난 티타늄으로 만들어진 예리한 낚싯바늘이 배와 꼬리에 두 쌍씩이나 박혀있어 낚싯바늘이 끊어지는 일은 없다. 하지만 줄을 늦췄다가는 물속에서 도망치는 배스에 가속도가 붙어 낚싯대가 끊어지거나 낚싯줄이 터진다는 것을 그간 경험에서 잘 알고 있다.

힘을 유지하던 놈이 아무렇지도 않다는 듯 좌우로 요동친다. 놈과 힘의 평형을 유지한다.

"그래. 자꾸만 그렇게 요동을 쳐야지. 그래야 힘이 빠질게 아냐. 잘하는 짓이야."

놈이 힘을 써야 운동한 만큼 산소의 흡입량이 필요해 물 위로 올라 올 것이고, 힘도 빠질 것을 잘 알아 놈이 물 위로 모습을 드러내기를 기다린다. 삼십여 분간 물속에서 요동치던 놈이 드디어 물 위로 모습을 드러냈다가 다시 물속으로 들어간다. 암갈색의 색조 위에 암녹색 무늬가 선명하게 보인다. 무늬와 모습을 보아 칠팔십 센티는 족히 되어 보이는 북미산 라지마우스배스다.

"이제 너는 내 손에 걸린 거야."

정신을 집중하며 낚싯대에 힘을 유지한다. 한 번 공기를 들이켠 배스가 전보다 더 힘을 쓴다. 도저히 있을 수 없는 일이라고 생각하며 낚시의 손잡이 끝을 배꼽 위에 고정하고 손의

마지막 비상구

힘을 비축하며 언젠가 능지에서 잡아 올렸던 칠십육 센티급 잉어를 떠올린다. 그때는 잉어와 한 시간 가량 실랑이를 벌이고 있을 때 기환이가 뜰채질을 해주어 쉽게 끌어 올릴 수 있었다. 하지만 지금은 기환이도 없고, 그때보다 훨씬 힘이 센 놈이다.

안갯속에 가려진 해가 뿌옇게 보인다. 녀석은 움직이지 않고 탄력을 그대로 유지하고 있다. 문득 아들 녀석이 떠오른다. 입대한 지 1년이 지나면서 제법 철이든 사람처럼 말하는 아들이 대견스럽게 느껴지다가도 아들이 걱정하는 취업 문제를 생각하면 아무런 대책도 떠오르지 않는다. 지난번 휴가에서 아들은 이라크주둔군에 참여하고 싶다 말하면서 주둔 대가로 받은 돈으로 제대하면 조그만 가게라도 해보겠다 말했다. 사막에 생명줄 같은 수도관 공사에 참여했던 자신과는 너무도 달라 안 된다고 말했지만 아들의 표정이 그리 밝지 않았다.

놈이 얼마 동안 힘을 유지하다가 다시 움직인다. 한 번 공기를 흡입하고도 30분이 넘게 버티고 있는 것을 보면 육식으로 엄청난 힘을 비축하고 있었음이 분명하다. 놈은 자꾸만 수초 쪽을 노리고 있다. 수초 반대편으로 움직이는 듯하다가도 재빠르게 수초 쪽으로 기수를 돌린다. 놈이 생각하고 있는 것을 잘 알아 수초 쪽에서 한 걸음 비켜서 있다. 놈이 아무리 끌어봤자 낚싯줄이 수초에 닿지 못할 거리다.

"다시 한 번 공기를 들이켜 봐라. 네놈의 얼굴을 똑똑히 보자. 응."

배스와 팽팽한 힘겨루기가 지루해 자꾸만 혼잣말을 한다. 어느덧 해가 높이 떠올라 있다. 긴장한 탓인지 이마에 땀이 맺힌다. 힘은 들지 않지만 배스와 힘의 평형을 유지해야만 하기 때문에 마음 놓을 수 없다. 우격다짐으로 당기기만 한다면 배스의 힘에 의해 낚싯대가 꺾이거나 낚싯줄이 터져버리고 만다는 것을 잘 알고 있다.

"계속 당겨봐라."

냉정함을 잃지 않으려고 자꾸만 자신과 말을 한다. 그것은 자신의 인내가 한계점으로 다다르고 있다는 반증이기도하다.

"대체 얼마나 큰놈인거야."

꼼짝하지 않고 힘의 평형을 유지하고 있는 배스를 향해 불평하듯 말한다.

문득 충주호에서 있었던 일이 떠오른다. 충주호에서 배스가 낚싯줄을 끊고 나가자 허무하여 그 자리에 주저앉아 배스가 도망친 호수를 망연히 바라보고 있었다. 그때에도 호수에는 물안개가 우윳빛으로 물들어 있었다. 그때 기환이 말했다.

"힘이 센 놈한테는 이까짓 낚시는 무용지물이야. 너무 허망하게 생각하지 말게. 이라크나 아프가니스탄을 생각해 보라고 땅굴을 파고 침략에 대한 방어를 아무리 해봤자 엄청난 화력 앞에 속수무책 아니었는가."

"그럴까?"

"그렇다니까. 이 호수 안에서 일어나는 일들을 상상해 보라고 토종어족인 붕어나 잉어의 치어들이 없다시피 하다잖아."

"배스들 때문인가?"

"그렇다니까. 그물을 걷던 어부가 말했잖은가."

"붕어들도 자기들의 생존과 종족 번식을 위해 어떤 일을 할거야. 그 일이 어렵고 험난할지라도 말이지."

"하지만 너무 센 놈들이라서……."

기환이 배스가 사라져간 안갯속을 바라보며 말했다.

어부의 말을 떠올린다. 어부는 이렇게 몇 년 만 지나면 토종어족들은 천연기념물이 될 거라 말했었다.

힘을 유지하던 배스가 다시 꿈틀대기 시작한다. 배스의 움직임에 대처하며 물속을 바라본다. 빠르게 좌우로 움직이는 검은 물체가 보인다. 생각했던 것 보다 훨씬 큰 놈이고 힘이 센 놈이다.

자꾸만 지난번 놓쳐버렸던 일이 눈에 선명하게 떠오른다.

생각 같아서는 있는 힘껏 낚싯대를 들어 올려보고 싶었으나 냉정해야 한다고 혼잣말을 하며 참는다. 놈이 힘의 평형을 유지하고 있다. 녀석이 힘을 비축하고 있다는 것을 확신하고 놈이 움직일 수 있도록 낚싯대를 움직인다. 힘의 평형을 유지하며 잠시 쉬려던 배스가 다시 요동친다. 낚시 가방을 내려다본다. 놈이 지쳐 수면 위로 배를 내밀면 뜰채를 펴야한다. 될 수 있으면 길게 뜰채를 펼쳐 놈이 안전하게 뜰채 속으로 들어갈 수 있도록 하면 게임은 끝이다. 놈이 평형을 유지하자 한 손으로 낚시 가방을 열어 뜰채의 버튼을 눌러 뜰채의 입을 벌리고, 먼 곳에서도 쉽게 담을 수 있도록 길게 늘인다.

"이제 됐어. 물 위로 올라와 공기를 되도록 많아 들이켜 봐라. 빨리 올라오라고."

뜰채를 발밑에 내려놓는다.

뜰채질도 중요하다. 힘에 지친 배스가 물 위로 배를 들어 내 놓으면 그때 배스를 주둥이부터 끼우듯 뜰채 속으로 끼워 넣어야 한다. 그렇지 않으면 배스가 꼬리지느러미를 뜰채에 지지한 다음 힘을 주어 탈출한다. 꼬리지느러미는 엄청난 힘이 있어 낚싯줄이 터지거나 낚싯대가 꺾여버린다.

자꾸만 팔에 힘이 빠진다. 그때 갑자기 놈이 물 위로 솟구친다. 갑작스런 배스의 행동에 자기도 모르게 손이 멈칫한다.

팽팽하게 힘의 평형을 유지하던 낚싯줄이 느슨해지면서 한쪽으로 쏠린다. 힘의 평형을 유지하기 위해 비틀거리며 뒤로 한 걸음 물러서는 순간 배스가 힘차게 줄을 잡아끌어 줄이 터져버린다. 배스는 보라는 듯 물살을 가르며 유유히 사라진다. 그 자리에서 주저앉아 버린다. 낚싯대를 바라보니 아무것도 보이지 않는다. 낚싯대를 옆에 놓으며 낚시 의자에 앉는다.

"내가 잘못한 거야. 줄을 느슨하게 해서는 안 되는데 바짝 더 조여 승부를 했어야 했다고, ⋯⋯아니지 나로서는 최선을 다 한 거야."

자기 잘못과 자기 합리화를 동시에 하며 배스가 낚싯줄을 끊고 들어간 호수를 바라본다. 호수 위에는 물안개가 아무 일도 없었다는 듯 조용하게 깔려있다.

"이번 배스는 어떤 놈이었을까?"

충주호에서의 실수를 다시 한 번 생각한다. 그때도 역시 다 잡은 배스가 아니었던가. 옆에 있던 기환이도 다 잡았다며 뜰채를 준비하며 배스가 떠오르기를 기다렸지 않았는가. 그때도 마지막 순간에 줄을 느슨하게 했다가 그 틈에 배스를 놓쳤다. 가방에서 담배 한 개비를 꺼내 피워 문다. 낚시질을 하면서 담배 냄새가 물속으로 침투될까봐 삼가했는데 이제는 다 틀린 일이라고 생각하며 담배연기를 길게 내뿜는다.

"이럴 줄 알았더라면 승부를 일찍 걸었어야 했는데…… 아니지 3호 줄을 사용한 것이 잘못이었어."

자꾸만 도망쳐버린 배스가 눈앞에 선하게 다가온다.

고기 바구니 속에 있는 붕어 몇 마리를 호수에 털어 넣는다. 고기 망태 안에서 시달려서 그런지 헤엄치는 모습이 패잔병의 모습처럼 힘이 없다. 호수에 비친 슬픈 모습의 낮달인 초승달이 잔물결에 하얗게 아른거리고 붕어들은 어색한 몸짓을 하며 초승달 속으로 들어간다. 문득 배스 무늬 군복을 입은 아들의 서글픈 얼굴이 떠오른다.

환시幻視

1

너는 바다의 끝을 서러운 시선으로 바라보고 있었지. 너의 눈을 가끔씩 바라보며 곁에 서 있었지만 먼 바다의 끝은 별다른 의미가 없더라고. 그 순간 우리의 생활습관과 전혀 다른 이질감 있는 노랑머리와 푸른 눈을 가진 사람들의 모습을 생각하고 있었을지 모를 일이지만, 난 그들이 삶의 방식과 모습만 다를 뿐 우리와 같다고 생각한 거지. 모양과 사상 같은 게 뭐 그리 대단해.

넌 언젠가 이렇게 말했지. 처녀 눈물 먹고 자라난 아이들이 가는 곳이라곤 듣기도 거북한 낯선 문화 속이라고. 하지만 지금의 경제 사정이 대낮인데도 가장들의 신발이 신발장 속에 가지런히 놓여 있는 집들이 저렇게 많으니 어쩌겠어. 네가 걱정하는 뜻은 알겠지만 그렇다고 세상이 그렇게 쉽게 변화되겠어.

은혜를 보내고 돌아오는 버스 안에서 기껏 생각한 것이 이런 궁색한 변명이었다. 버스는 지친 마라토너처럼 꾸역꾸역 목적지를 향해 가고 있었고 함박눈은 쏜살같이 날아와 차창에 박혔다.

승객이라고는 육십대의 안면이 있는 아낙뿐이었다. 아낙은 창밖의 눈발을 바라보다가 가끔씩 동행의 존재를 의식해서인지 고개를 돌려 바라보았다. 서로 다른 방향을 보고 있었지만 창밖으로 보이는 것이라곤 하염없이 쏟아지는 눈발뿐이었다. 허상처럼 아낙의 옆모습이 유리창 속에서 창밖의 전경과 함께 움직였다.

주황색 가로등 몇 개가 점등된 텅 빈 종착지의 주차장에 이르자 운전기사는 조심스럽게 차를 주차시켰다.

"다 왔어요."

운전기사가 피로했는지 운전석에 앉은 채 손깍지를 위로 치켜들며 하품 섞인 말을 했다.

아낙은 눈발을 피하려는 심산으로 스카프를 머리에 두르며 흘긋 나를 바라보며 머뭇거렸다. 몇 번 말을 붙여볼까 생각했지만 왠지 내키지 않았다. 차에서 내리자 넓은 주차장 구석에 덩그러니 앉아 있는 조립식 건물이 조명불빛에 클로즈업되었다. 점포를 향해 몇 발짝 움직이자 주인이 점포 앞으로 나와 서성거리며 나를 맞았다.

"갑자기 눈이 많이 내려요."

주인이 아는 체했다.

눈에 빠진 신발을 툴툴 털어 내고 안으로 들어가 생각할 것도 없이 소주 다섯 병을 가방 속에 쑤셔 넣었다. 가게 주인은 항상 해오던 일이라며 곁에서 주시할 뿐이었다. 소주만 챙겨 넣고 가게 주인에게 돈을 건네자 그는 안주머니에 돈을 쑤셔 넣고는 밖으로 시선을 돌렸다.

"올핸 눈이 많아……."

주인이 걱정스런 표정을 하며 혼잣말을 했다.

주차장을 막 빠져나오자 주차해 있던 차가 크르릉 대며 움직였다. 떠나가는 차의 뒷모습을 한길가에 서서 바라보았다. 차가 모퉁이를 돌자 가게의 불과 눈밭 위에서 희미하게 주위를 밝히던 조명등불이 한꺼번에 꺼져 사위가 어둠에 휩싸였다.

산길로 접어들자 형광체처럼 하얀 눈길 위에 발자국 하나가 쓸쓸한 표정으로 찍혀, 첫 인상에서 느껴졌던 아낙의 감정을 대변하고 있었다.

아낙을 자세히 본 것은 지난번 절에 들어와 하룻밤을 지낸 다음날이었다. 새벽에 물을 마시려고 밖으로 나왔다가 아낙이 주지스님이 기거하는 방에서 나와 불당으로 향하는 것을 보았다. 그때는 결혼하지 않은 스님이라는 것으로 알고 있었던 터라 충격이었다.

아낙을 따라잡을 생각으로 뛰다시피 했다. 걸음이 어찌나 빠른지 한참만에야 아낙의 모습을 발견할 수 있었다. 새벽 눈빛 저만큼에서 산짐승처럼 움직였다. 이 킬로미터는 족히 가야 하는 산길에 동행자인 아낙이 있어 위안이 되었다.

"같이 가시죠."

뒤를 따라가며 소리를 내자 가던 길을 멈추고 뒤돌아보았다.

잰걸음으로 따라가 두어 발짝 거리가 되자 아낙이 다시 발걸음을 옮겼다.

"눈이 제법 내리네요."

아낙이 멈칫 하는가 싶더니 말없이 앞서 걸었다. 무안했지만 동행이라는 것만으로도 의지가 되는 것 같았다. 아낙 역시 같은 생각을 하고 있는 눈치였다.

내 발걸음이 느리기도 했지만 아낙의 발걸음은 평균 사람들보다 훨씬 빨라 어떤 생각에 잠겨 발자국을 따라가다 보면 벌써 저만큼 앞서 걸었다. 그때마다 빠른 걸음으로 따라 붙었다.

"좀 천천히 갑시다."

종종 숨찬 소리로 말하면 그때마다 발걸음을 천천히 하며 걸었고 말없는 아낙의 뒷모습만 바라보며 발자국을 따라 걸었다. 사락사락 눈이 내려앉고 있는 어두운 밤길이었지만 하얀 눈 때문에 십여 미터는 족히 볼 수 있었다. 가끔씩 잔기침을 하며 말을 유도해 보았지만 한마디도 하지 않고 앞만 보고 걸었다.

자꾸만 은혜의 말이 떠올랐다. 오늘도 같은 핏줄로 생각했지만 은혜는 인연의 생각을 달리하고 있었다. 언젠가 주지가 말했던 인연의 불교적인 사고를 몇 번 되뇌어 보다가 더는 깊이 생각하지 말자는 심산으로 머리에 앉아 있는 눈을 털어 냈다.

언젠가부터 스님은 계속 준비됐는지를 묻곤 했다. 어찌 보면 그 준비라는 종용이 내 준비보다는 혼자 있는 스님의 준비가 더 필요한 일이었다.

절에 머물고 있었던 것도 올해로 오 년째다. 처음엔 몇 번 공부를 핑계 삼아 들르곤 했었지만 사십이 넘고, 하나뿐인 동생이 출가한다고 집을 나간 후부터는 아주 짐을 꾸려 이 절에 들어와 살았다. 부처와 인연이 있어서인지 처음부터 중으로 살라는 운명이었는지 승방이 편했다.

어머니의 형상을 생각해 보았다. 전혀 기억이 없는 어머니의 형상이 여러 사람들의 모습으로 변해 앞길을 막곤 했다. 술주정꾼인 아버지는 재주가 용했다. 매일같이 술에 절어 살았지만 훤칠한 용모 때문인지 호탕한 성격 때문인지 어머니라고 말하라는 여자가 2년에 한 번 꼴로 바뀌곤 했다. 그 여자들은 서먹하게나마 어머니라고 말이 떨어질 때쯤이면 어김없이 집을 나갔다. 은혜는 낯선 여자들에게 쉽게 적응해 귀여움을 받았지만 나는 그 여자들의 눈치만 봐가며 지냈다. 그때 은혜의 적응력을 생각해보면 그것이 결핍된 모정 때문이라는 것을 알 듯도 하지만 그땐 철없는 은혜가 야속하기까지 했다.

아버지가 술 속에 절어 살다 죽은 것은 내 기억으로 일곱 번째의 여자가 집을 나가고 한 달이 채 되지 않아서였다. 꼿꼿하게 누워있는 아버지는 저녁이 다 되도록 일어날 줄 몰랐다. 아버지가 일어나면 술 마시러 주막으로 달려갈 거라는 생각 때문에 아버지가 잠에서 깰까봐 고양이 걸음을 하며 방을 옮겨 다녔다. 그때 아버지의 모습은 다른 날과는 영 달랐다. 대춧빛으로 번들거리던 아버지의 얼굴이 윤기가 없었고 동굴속의 호랑이 울음소리처럼 코를 골아대던 소리도 들리지 않왔다. 무서워 한 번도 얼굴을 세밀하게 바라보지 않았지만 그때만큼은 세밀하게 관찰했다. 소리 없이 잠이든 아버지의 모습을 바라보고 있으니 이상하게도 마음이 편했다. 그렇게 잠이든 아버지가 이미 죽은 후였다는 것을 다음날에야 알았다.

초등학교 육 학년이었던 난 그때부터 가장으로서의 일을 할 수밖에 없었다. 그렇다고 삼 학년에 다니고 있는 동생을 어디로 보낼 수도 없는 일이었다. 먼 친척들을 찾아다니며 한 줌이나 되는 양식을 구해 하루하루를 살았다. 그땐 굶는 날이 먹는 날보다 많았다. 어떻게 해서든 동생의 허기를 채워주려고 푸성귀를 잔뜩 넣어 죽을 쑤어 주었고 동생은 그것을 먹고 잘도 버텨냈다. 오빠인 내가 어디로 보낼 것이 두려웠는지 어른 같은 소리로 자기를 버리지 말고 끝까지 같이 살자는 말을 기회 있을 때마다 되풀이했다.

선생님의 배려가 있어 중학교에 진학해 1학년에 다니던 어느 봄날이었다. 그날도 점심시간이 되자 도시락을 준비하지 않은 난 어느 때와 마찬가지로 밖으로 나왔다. 운동장가에 있는 수돗가에서 물배를 채우고 나무 밑에 앉아 텅 빈 운동장을 바라보고 있을 때 낯익은 목소리가 들렸다.

"오빠."

깜짝 놀라 돌아보니 터진 울타리 사이로 얼굴을 내민 은혜가 웃으며 서 있었다. 처음엔 반가워 동생 곁으로 달려갔으나 곧 학교에 있어야 할 동생이라는 것을 깨닫게 되자 저것이 학교에 안 가고 여긴 어떻게 왔나 걱정이 되었다.

"학교는 어떻허고?"

은혜는 대답하지 않고 미소를 보내며 울타리 밑으로 아침에 내가 쌓아준 도시락 보따리를 넣어놓고 뛰어갔다. 보자기를 집어 들자 은혜는 벌써 한길을 넘어가고 있었다. 뛰어가는 동생의 뒷모습을 물끄러미 바라보았다. 또래 친구들보다 너무도 나약해 보이는 동생의 뒷모습을 보며 저것이 금방 쓰러지지나 않을까 하는 걱정이 앞섰다. 시야에서 사라질 때까지 그 자리에 서서 바라보고 있으려니 마음이 울컥하고 내려앉았다. 눈물을 참으려고 이를 악물고 교실로 들어오니 아이들은 자기들끼리 떠들며 삼삼오오 앉아 도시락을 까먹고 있었다.

집에 돌아와 안 일이지만 우리 사정을 안 은혜의 담임선생이 동생의 도시락까지 가져왔던 거였고 은혜는 그 시간 굶고 있을 나를 위해 도시락을 가져온 거였다.

누구보다 은혜에 대하여 속속 알 것만 같았던 나는 은혜가 커감에 따라 아는 것보다 모르는 것이 더 많다는 것을 알았다.

"총각은 무슨 생각이 그리 깊소."

앞서가던 아낙이 갑자기 그 자리에 서서 뒤돌아보며 말했다.

"생각은요."

지난날을 생각하고 있다는 것을 앞서가던 이 아낙이 어떻게 알고 있는지 이상한 생각까지 들었다.

"아주머닌 절에 자주 오시네요."

"한이 많아서지요."

한차례 깊은 한숨을 몰아쉬고는 걸음을 재촉했다. 스쳐지나간 얼굴에서 얼핏 어머니의 모습이 저런 모습이 아닐까 하는 생각이 들었다.

흰 저고리에 검정치마를 입은 은혜의 모습이 자꾸 아낙의 모습과 대비되는 이유가 무엇인지 알 수 없었으나 닮은 데가 많다는 느낌이 들었다.

오늘도 정복으로 차려입은 사람들 틈에서 은혜가 뛰어나와 합장했지만 그 모습은 다른 정녀들보다 더욱 쓸쓸하고 왜소해 보였다. 그래도 위안이 되는 것은 고아가 된 아이들을 맡고 있다는 거였다.

오늘도 은혜는 오빠인 나에게까지 깍듯이 존칭어를 썼다. 살구 씨로 성글게 엮어 붙인 가리개를 걷고 출입문을 열며 은혜를 바라보았다. 굵은 검은색 원의 표식 앞에 서 있는 은혜의 모습, 무슨 말을 하려고 멈칫거리는 마지막 모습을 뒤로하고 떨어지지 않는 발걸음을 돌렸다. 항상 은혜와는 그렇게 허전한 만남뿐이었다.

눈길이 미끄러워 기우뚱댈 때마다 배낭 속에서 소주병 소리가 마치 풍경소리처럼 들렸다. 암자의 입구에 이르자 언제 그쳤는지 눈은 내리지 않았고 노송의 허리에 매달린 백열전구가 노란색으로 은은하게 눈길 위에 뿌려지고 있었다. 종각을 지날 때 노송 밑에서 움직이는 것이 있었다. 주지였다. 잔기침을 하며 산짐승처럼 노송 밑에서 꾸역꾸역 걸어 나왔다.

"스님, 주무시지 않았어요."

아낙이 반갑게 맞았다.

"동생은 보았는가."

아낙의 말엔 아랑곳하지 않았다.

번들거리는 머리와 윤기 없는 마른 얼굴이 대조를 이루고 있었다.

"그렇게 퍼붓더니만."

무안했는지 아낙이 하늘을 올려다보며 혼잣말을 했다.

하늘에는 언제 그랬냐 싶게 별무리가 총총했다.

주지가 고개를 숙이고 앞서 찍혔던 발자국을 따라 걸었다.

대웅전 앞에 측면으로 서 있는 요사 안으로 아낙이 들어갔고 나는 주지와 함께 승방에 들었다.

"그래, 동생은 잘 있던가."

담뱃불을 붙인 주지가 담뱃불을 빨 때마다 흑갈색 얼굴이 환하게 보였다 사라졌다.

"예."

"표정이 왜 그러나."

주지가 관심을 보이며 담배를 빨았으나 주지의 눈을 피해 딴전을 피웠다. 그렇게 지루한 대면을 하고 있을 때 보살들이 기거하는 방에서 문 여는 소리가 들렸다. 아낙은 툇마루를 내려서며 한차례 기침을 하고는 발소리가 멀어졌다. 언제나 그랬듯 아낙은 주지를 기다리며 법당으로 들어갔을 것이었다.

"날 부르는가 보이."

관계를 굳이 숨기려 하지 않았다.

겨울바람에 노송 위에 쌓인 눈이 쏟아지는 소리가 고향 축대 아래 대나무밭의 바람소리처럼 들렸다.

텅 빈 방 안에 누워 천장을 바라보았다. 좀처럼 잠이 오지 않을 것 같았다. 주지는 오늘밤에 이리로 들지 않을 것이 분명했다. 언젠가 보았던 주지와 아낙의 모습이 떠올랐다. 청소를 하려고 대웅전에 들자 부처님 앞에서 아낙과 주지가 한 몸이 되어 있었다. 그 모습이 오래도록 선명하게 머리에 박혔다. 그때 정좌하고 앉아 그들을 내려보며 잔잔한 미소를 보내고 있던 부처의 모습이 너무나도 인간적인 모습으로 다가왔다.

배낭에서 소주 한 병을 꺼냈다. 강소주를 들이키자 검붉은 얼굴의 아버지 모습이 환영처럼 나타났다. 인사불성이 되도록 술에 취한 아버지와 엉켜있는 여인들의 모습이 영화 속에서의 주인공들처럼 하나하나 나타났다 사라졌다.

병나발을 불었다. 뜨거운 술기운이 목울대를 타고 넘어갔다. 아버지가 떠나던 날의 모습이 영사처럼 다가왔다. 도심 빈민들이 살던 산동네의 끝 집이 보였다. 그날도 술에 절은 아버지는 동네의 정만이 아버지를 찾아가 못살게 굴었다. 고함소리를 피해 동네 아이들을 좀 더 멀리 찾아 나섰다. 아버지의 억센 손이 뒤 따라오는 것 같아 아버지의 고함소리가 미치지 않는 먼 동네로 갔다가 땅거미가 골목길에 채워질 때쯤 두려운 생각을 하며 골목을 돌아 집 앞에 이르렀다. 그때 아버지는 괴상한 표정으로 대문 앞 계단에 앉아 두 손으로 턱을 괴고 생각에 잠겨 있었다. 처음 느껴보는 슬픈 표정의 아버지였다.

고개를 흔들었다. '그래 그럴 필요도 없지' 마치 아버지 모습을 머릿속에서 털어 내듯 고개를 흔들었다.

2

새벽 종소리에 눈을 떴다. 어제의 술 때문에 머리가 무겁고 속이 쓰렸다. 밖으로 나가 심호흡을 하며 종각을 바라보았다. 종을 다 치고 난 주지가 보였다. 힘이 부치는지 흰 눈이 쌓여 있는 계단 위에 쭈그리고 앉아 담배를 피우고 있었다. 담배를 빨 때마다 주지의 회색빛 얼굴이 괴상스러운 모습으로 드러 났다 사라지곤 했다. 승방 뒤에 세워둔 대나무 빗자루를 꺼내 먼저 대웅전의 토방부터 쓸었다.

"무슨 술을 그렇게 마셨나."

"보살님은 아직 주무시나봐요."

가지런히 놓여 있는 아낙의 신발을 바라보며 딴전 피우듯 말했다.

"고단할 거야. 어제 늦도록 부처님께 일천배를 올렸으니."

"천배요."

주지와의 관계 때문에 절을 찾고 있는 것으로만 알고 있어 불심 따위는 전혀 생각지 않았었다.

"이제 이 일도 고단하네. 부처님께 늘 죄스러운 마음뿐이고 말이네."

머리를 깎고 절을 맡아보라는 말이었다.

　무작정 머리를 깎는다고 중이 되는 것이 아니었다. 아무리 대처승들이 지키는 절이지만 부처님에 대한 자신의 부족한 것이 문제라며 차일피일 미루고 있던 참이었다.

　"어쩌, 아직 결정하지 않았어."

　못들은 척하자 단도직입적으로 말했다.

　더는 참지 못하겠다는 듯 화난 얼굴을 했다. 더는 거역할 수 없는 일이었다.

　"알아야 머리를 깎든 하지요."

　"자네한테 부처님의 계율 따위를 술술 외우라는 것은 아니네, 여기를 그냥 지켜 달라는 것이야. 자네를 선택한 것이 자네의 불심 때문인 줄 아는가."

　"이번 초파일까지만 기다려 주세요."

　"난 이번 초파일에 이 절을 자네에게 넘겨줄 계획이었어, 그때 넘겨주려면 기본적인 것은 알아야 되니 이렇게 서두는 것 아닌가."

　"어떻게 하면 되는 겁니까."

　"아무 생각 말고 앉아만 있게나, 머리를 깎을 때까지만 말야, 그렇게 하고 그때부터 배우는 게지, 내 방식이지만……."

　고개를 숙였다.

"오늘 오전 10시네, 그렇게 알게."

단도직입적으로 말해놓고 법당으로 들어가 버렸다. 아침공양을 준비했으나 주지는 나오지 않았다. 법당으로 들어가자 너무도 엄숙한 표정으로 정좌해 있는 주지의 모습이 눈에 들어왔다. 말없이 여러 차례 법당을 드나들었으나 결가부좌를 틀고 앉아 있는 모습은 여전했다. 그렇게 시작된 주지의 좌선은 열 시가 다되어 끝이 났다.

법당에서 나오자마자 말없이 숫돌에 칼을 갈기 시작했다. 사각사각 날을 세우는 소리가 가슴이 저리도록 시려왔다. 가만히 주지 옆에 서서 번민에 허덕이던 아버지의 모습을 생각했다. 아버지는 죽기 직전까지도 거짓 중노릇을 하며 시주를 얻어 겨우 입에 풀칠을 하던 앞집 정만이 아버지와 싸움질을 자주했다.

"이제 되었네."

날선 칼날을 손끝으로 만졌다.

앉은뱅이 나무의자에 앉자 기다리기라도 한 것처럼 머리에 물을 적셨다. 머리가 시렸다. 주지의 사각거리는 칼끝이 머리에서 지나다니자 섬뜩한 전율이 벌레처럼 등줄기를 따라다녔다.

"일어나게."

머리를 쓸어 보니 익숙지 않은 느낌이었다.

대야에 담겨있는 머리카락을 주지가 해왔던 것처럼 해우소 옆에 있는 잿간에 버리고 방으로 들었다. 언제 준비해 두었는지 주지는 새 옷으로 갈아입으라며 잿빛 승복을 내밀었다.

"이제 다 되었어, 자네가 머리를 깎지 않고 이 절을 맡을 수도 있지만 이렇게라도 해야 안심이 되네."

"지금부터 어떻게 해야 하는지 알 수 없어요. 머리는 깎았지만 중이 된 것도 아니고 그렇다고 부처님에 대해서 아는 것도 없어요."

"자네, 너무 걱정 말게. 초파일까진 같이 있을 거니. 그리고 준비만 되었다면 깨우친다는 게 얼마나 쉬운 줄 아는가? 청허 휴정은 낮닭 우는 소리에 깨우쳤고, 혜월 혜명은 다 삼은 짚신을 고르기 위해 신골을 치다가 '탁' 하는 소리에 깨쳤다고 하지 않던가."

그렇게 쉬운 걸 왜 못 깨우쳤느냐며 반문하고 싶었으나 주지의 진지한 모습에 아무 말도 못하고 주지의 이야기만 듣고 있었다.

3

주지는 올무에서 풀린 새 같았다. 표정도 밝았고 아낙이 오

마지막 비상구

는 날이면 며칠씩 밖으로 나가 들어오지 않았다. 반야심경은
외워두었지만 천수경과 금강경의 암기가 그리 쉽지 않아 며
칠을 방바닥에 엎드려 노트에 직접 써보며 외워 보았다. 내용
이야 모르더라도 우선 암기라도 해야 한다고 생각해서였다.

주지는 차츰 절에서 지내는 날보다 밖에서 지내는 날이 많
아졌고 삼월이 지나자 이렇게 말했다.

"이제 신도로 지내겠어, 자네가 알아서 해보게."

이 절에 속해있는 신도들도 제대로 모르는 판에 어떻게 해
야 할 지 날이 갈수록 엄두가 나지 않았다.

매일 법당에 틀어박혀 금색 부처만 바라보며 살았다. 그러
던 중 석탄일이 다 되어 주지와 아낙이 이제 다시는 오지 않
을 것처럼 말했다.

"자네, 지내보니 어떤가? 이제 우리 법당에 드나드는 신도
들의 낯도 익을 터이고."

그 말을 하고 얼굴을 빤히 바라보았다.

"자네, 생각 알 듯허네. 신도들을 자세히 알려줄 터이니 이
리로 따라오게."

주지는 마음을 훤히 내다보는 것 같았다. 성큼성큼 법당으
로 들어가 연좌에 앉아 있는 불상 뒤로 들어갔다. 별생각 없
이 청소하려고 드나들었던 곳이었지만 오늘은 달랐다. 주지

는 무릎을 꿇고 앉아 마치 보면 안될 물건에 손대는 사람처럼 조심스럽게 복장의 뚜껑 위에 붙여진 백지를 뜯어냈다. 너무 조심스러운 표정 때문에 일시에 시간이 정지되어 있는 느낌을 받았다. 주지는 백지를 조심스럽게 뜯어낸 다음 한숨을 몰아쉬고는 무릎을 꿇고 합장을 한 채 한참 동안 있었다.

"스님, 그곳에 무엇이 있기에……."

아무 말 하지 않고 눈을 감고 있던 주지는 복장의 뚜껑을 열고 손을 집어넣었다. 마치 유년시절 과자를 물고 들어간 쥐구멍에 팔뚝을 넣었던 것 같았다. 눈을 감았다. 순간 쥐구멍 속에 있던 쥐가 손가락을 물었던 것이 떠올랐다. 온몸이 부르르 떨려왔다.

"이게 마지막으로 내가 할 일이었네."

서류 두루마리 몇 개와 서류 장부 몇 권을 바닥에 조심스럽게 꺼내놓았다.

"그렇게 서 있지 말고 여기 앉아보게."

주지는 가쁘게 숨을 몰아쉬며 말을 이었다.

"이런 것들이 뭐 그리 대단하다고 이러는지 몰라. 이게 내 아버지가 물려주신 거라네. 아버진 일제 때 이 절을 인수한 후로 줄곧 함께 살았지. 그리고 먼 길을 떠나기 며칠 전 지금과 같이 이 복장을 뜯고 이 물건들을 보여주었어. 그때도 나처럼 떨리는 손으로 복장을 열었지. 땀을 얼마나 많이 흘려대던지……"

주지의 이마에 송글송글 땀방울이 맺혀있었다.

"여기 이것이 금박으로 쓴 반야심경이네."

두루마리 끈을 풀고 펼쳤다. 검은 종이에 정성껏 쓰여진 금박글씨가 창틈으로 틈입한 한줄기 햇빛에 반짝거렸다. 순간 주지의 손이 파르르 떨리는 것이 보였다.

"이리주시죠."

주지가 들고 있던 두루마리를 말아 다시 끈을 조여 맺다. 한동안 주지는 말을 하지 않았다. 무엇 때문에 이 절을 넘기려 하는지 이해할 수 없었지만 그렇다고 거역할 수도 없었다.

"이것은 자네가 읽어둬야 할 서류이니 나중에 읽어보게."

검은색 표지로 된 서류뭉치를 건네주었다.

주지는 큰일을 행한 수도승처럼 홀가분하게 검은색 서류뭉치만 남기고 복장 속의 물건들을 다시 집어넣었다.

그날 주지는 불당에 남아 밤새도록 나오지 않았고 새벽종을 울리고 난 다음에야 불당에서 나왔다.

"이제 난 초파일에나 올 것이네."

아침이 되어 그 말만 남기고 아낙과 함께 산을 내려갔다.

산 위에서 내려오는 물로 머리를 씻었다. 머리가 얼얼하도록 물에 담그고 있었지만 주지 모습이 지워지지 않았다. 창틈으로 틈입한 실오라기 같은 한 올의 햇살에 번쩍이던 글씨가 머릿속에서 굴러다니는 것 같았다.

4

초파일이 다가오자 몇몇 신도들이 찾아와 초파일에 쓸 형형색색의 연등을 만들었다. 그 연등을 매달고 있을 때 신도 하나가 검은 표지의 책을 들어 보이며 무엇인지를 물어왔다. 그때서야 주지가 읽어보라며 부처의 복장에서 꺼내 주었던 책을 선반 위에 올려놓고 있었다는 것을 알았다. 책을 들고 불당으로 들어가 부처 앞에 앉아 주지가 주었던 책을 펼쳐보았다. 검은색 표지를 넘기자 불당 대 보수공사라는 문구가 첫 장에 나타났고 그 뒤로 불당공사에 참여했던 신도들의 이름이 붓으로 써 있었다. 한 장 한 장 넘길 때마다 먹향이 그윽하게 다가왔다. 거기에는 아직 신도로 있는 사람들도 있었고 더러는 위패에서 보았던 사람도 있었다.

이런 책을 왜 주지가 꼭 읽어보라고 했는지 생각하고 있을 때였다. 낯익은 주소와 여자의 이름이 눈에 들어왔다. 주소지는 유년시절부터 살아온 주소지였고 이름 역시 언젠가 아버지가 만취해 들어와 네놈 어머니라며 욕을 해대며 말했던 어

마지막 비상구

머니의 이름이었다.

가슴이 떨렸다. 생각할수록 이 절과 어머니와의 관계가 어떤 모양으로든 이어져 있을 거라는 의구심 때문에 얼굴이 달아올랐다. 책을 내려놓고 어머니의 모습을 생각해 보았다. 아버지와 살고 간 여러 명의 여자들이 클로즈업되어 나타났다가 사라졌지만 정작 어머니의 모습은 떠오르지 않았다. 무릎을 꿇고 앉아 눈을 감고 아무생각 없이 반야심경을 외웠다.

"스님, 저녁공양해야지요."

낯익은 늙은 보살의 목소리가 조심스럽게 들려와 눈을 떴다. 창까지 내려온 햇빛이 불당 안을 눈부시게 만들고 있었다. 그림자 위에서 그윽한 미소를 품고 있는 부처의 얼굴을 바라보고 불당을 나왔다.

"스님, 무슨 일이 있는 겁니까?"

늙은 보살이 바라보았다.

"무슨 일이 있겠어요. 참, 김봉월 보살님을 아시나요?"

앞서 걷던 보살이 멈춰서며 뒤를 돌아다 보았다.

"주지스님과 함께 사는 분인데 스님은 모르세요."

마치 전기에 감전된 사람처럼 그 자리에 서서 앞서 가는 보살의 뒷모습만 바라보았다. 현기증이 일자 자세를 고쳐 잡았다. 잠시 후 정신을 차리고 보살을 다시 불렀다.

"보살님, 오늘은 공양 생각이 없어요. 불당에서 부처님과 함께 있겠으니 어서 가서 드세요."

애써 그렇게 말하고 불당으로 들어갔다. 그때부터 반야심경 천수경 금강경을 번갈아 염불했다. 종종 그렇게도 어머니를 그리워했던 은혜를 떠올렸다.

그때부터 매일 불당에서 나오지 않고 주지와 어머니를 생각하며 지냈다. 초파일이 다 되도록 주지는 절에 나타나지 않았다. 신도들은 연등을 노송에 줄띄워 내걸었다. 검은 소나무밭 한가운데 낮게 앉아 있는 작은 절간에 울긋불긋한 연등으로 축제 분위기가 넘치고 있었다. 종각 계단에 앉아 살랑거리는 연등을 바라보고 있을 때였다.

"스님."

노보살이었다.

"예, 보살님."

"어제 주지스님 집에 갔더니 주지스님께서 얼마 전에 병원에서 돌아 가셨다던데 알고 계셨어요?"

"예?"

뜻밖의 말이었다. 보살은 모르고 있었다는 것이 믿기지 않는지 고개를 갸웃거렸다.

"그럼, 그 보살님은요."

"그분도 어디론지 떠났답니다. 옆집 사람이 말해 주었어요."

어지러웠다. 머리를 두 손으로 감싸고 숨이 찰 때까지 뛰었다. 얼마 후 숨이 턱까지 차 그 자리에 쭈그리고 앉았다. 자꾸만 눈에서 눈물이 쏟아져 나왔다.

5

작은 사찰에 많은 신도들이 몰려들어 축제에 참여했다. 설법을 마치고 주위를 둘러보았다. 많은 사람들 틈에 끼인 낯익은 한 아낙이 보였다. 어쩌면 늙은 은혜의 모습 같기도 했고 아버지의 많은 여인 중 한 여인 같기도 했다. 솔바람이 불 때마다 연등이 흔들려 아낙의 얼굴을 가렸다. 하지만 자신을 똑바로 바라보고 서 있는 아낙의 눈에서 한줄기 굵은 눈물이 흘러내리는 것은 선명하게 보였다. 마치 幻視처럼.

뫼비우스의 띠

창밖으로 무표정한 사람들이 지나다닌다. 길 건너편에는 기초공사를 마친 큰 건물의 윤곽 위로 언젠가 여행 중 고속도로 휴게소에 전시해 놓은 교통사고로 죽은 인체의 힘줄처럼 생긴 철근들이 하늘을 향해 헝클어진 채 뽑아져 나와 있고, 그 건축물의 앞에는 비가 오면 질척거리지 않게 짙은 회색 마포가 깔려있다.

미란은 눈을 감고 방금 전 마포 위를 걸어 왔을 때 발에 느껴졌던 촉감을 생각해 본다. 부드러움이 구두의 밑창을 통해 발바닥에 전해지는 느낌, 그 느낌이 낯선 남성의 살갗 같은 이미지로 느껴지면서 등줄기로 전율이 스쳐 지나간다.

눈을 감고 여러 생각에 잠겨있을 때 궂은날이면 으레 들려오던 아버지의 저음의 앓는 소리가 들린다.

"언제부터 와 있었어?"

연희다. 연희의 목소리는 여자답지 않게 저음이고 항상 도와 미사이의 음이 들썩거리는 것 같다.

"한 삼십 분 됐나."

미란은 무의식적으로 벽에 붙어 있는 시계를 바라본다.

연희는 앉자마자 숄더백에서 손거울을 꺼내 펼친다. 소녀티를 감추려고 진하게 화장한 모습이 마치 쇼윈도에 진열된 생기 없는 마네킹을 연상케 한다.

"오늘은 어떤 사람이야?"

능숙한 분장사 같이 토닥거리는 손놀림을 보며 미란이 말한다.

"소개받고 처음이라 나도 몰라."

화장을 고치던 연희가 미란의 생각을 알려고 미란을 바라보다 표정 없는 미란을 바라보고 미소를 띠며 다시 화장에 열중한다. 만족하게 되었는지 토닥거리던 손짓을 멈추고 립스틱솔로 입술을 마무리한다. 미란은 연희의 모습을 물끄러미 바라보다 창밖으로 눈길을 돌린다. 보도보다 낮은 커피숍이라 창밖으로 지나다니는 사람들의 얼굴 표정을 훔쳐볼 수 있어 길을 건너는 불편함을 감수하고 이곳을 종종 이용했다.

"장소가 어디야?"

"이 근처에서 전화하기로 했어."

연희는 붉은색 립스틱을 마무리하고 자연스럽게 보이려고 두 입술을 마주 비빈다.

"계집애. 청승맞게."

창밖을 바라보고 있는 미란 곁으로 연희가 다가와 앉으며 말한다.

"왜 그래 징그럽게."

"오늘은 괜찮을 것 같은 느낌이야."

미란은 연희의 목소리를 듣고 있으면 서글픈 생각이 들었다. 연희의 목소리가 어린나이에 시련이 많아 한 번도 누구한테 기를 세워 본적 없는 기죽은 목소리로 들려졌고, 언제부턴가 그 목소리가 갈갈대는 기침소리와 궂은 날이면 땟국에 절은 이불 속에서 앓는 소리를 하던 아버지의 목소리와 유사하다는 것을 알았다.

"왜 말이 없어. 내키지 않아?"

"아냐."

"지난번처럼 뒤끝이 없는 사람이라고. 사회적으로나 가정적으로나 안정이 되어 있는 사람이고 말야. 나이는 좀 많다 싶지만 우리에게 나이가 뭐 중요해 애인 삼을 것도 아닌데…… 난 나이가 좀 든 사람이 좋더라. 뒤끝도 깨끗하고……."

"이번엔 몇 살인데?"

"지난번과 같아 그치들 친구니까."

"그럼 지난번처럼 우리와 같은 따라는 거야?"

미란은 스물네 살이나 위인 남자가 나이답지 않게 단순하고 맑아 보였던 지난번 남자를 생각하며 눈을 감는다. 모습은 아버지 나이와 비슷했지만 그의 따뜻함과 온화한 목소리는 한 번도 느껴보지 못했던 느낌이었다. 가슴에 얼굴을 묻고 비벼대던 그의 행위들은 아직 경험이 없는 철없는 소년의 느낌이었다.

귀뚜라미 소리를 내며 연희의 핸드폰이 울린다. 연희는 몇 번 소개받은 사람이 틀림없는지 확인하더니 자리에서 일어나 창가로 다가가가 창밖을 바라보며 말한다.

"알았어요."

연희는 핸드폰의 폴더를 닫으며 앞자리에 앉는다.

"누구야."

"그 사람들. 저기 공사장 앞길에 정차되어 있는 하얀 승용차에서 기다린대."

미란이 연희가 가리킨 한길 건너편을 바라본다. 미란이 건너왔던 공사장 앞에 두 대의 하얀색 승용차가 나란히 정차되어 있다.

남아 있는 커피를 마저 마신 연희가 일어서며 숄더백을 어깨에 걸친다.

"오늘은 어느 쪽으로 갈건데?"

미란이 연희에게 말했다.

"자긴?"

"항상 자기와 반대쪽이지."

"통일로를 달려볼까?"

연희가 잠시 생각하다 멋쩍게 웃으며 말한다.

밖으로 나오니 오후의 시린 가을 햇살이 창백하기까지 했다. 연희가 먼저 앞차 운전석 옆자리에 타고 떠난다. 미란은 떠나는 앞차 번호를 기억하며 낯선 남자가 앉아 있는 차에 오른다. 남자는 미란을 한차례 흘겨보고는 말없이 앞차가 떠나간 쪽으로 차를 몬다. 잠실대교 근처에서 한눈파는 사이 연희가 탄 차가 어디론가 사라졌다.

"성남 쪽으로 가면 안될까요?"

남자가 허둥대는 것을 보고 미란이 말하자 흘끔하고 어색하게 미란을 바라본다. 미란은 앞만 바라보는 척했지만 남자의 일거수일투족을 살피며 남자의 성격이나 가족사항, 사회적인 배경 같은 것을 머릿속에 그려본다. 남자는 서울을 빠져나오는 내내 말 한마디 하지 않았다. 미란은 이 남자의 친구인 지난번 남자의 기억을 떠올린다. 지난번 남자도 이 남자처럼 전혀 말을 하지 않고 미란이 유도하는 대로 수동적으로 따라왔지만 알몸으로 함께 지내던 시간 동안엔 수동적인 태도가 돌변했다. 능동적인 행위가 지나쳐 광포하기까지 했다. 미란이 그 생각을 하다 흘끔 남자를 바라본다. 남자는 앞만 보고 운전하고 있었지만 콧날에 땀방울이 맺혀있어 남자가 긴장하고 있는 것이 역력하다는 것을 느낀다. 차가 막 성남 시가지로 접어들자 미란은 지난번 남자와 같은 방향으로 향해야겠다고 생각한다.

"특별한 곳이 없으시다면 남한산성으로 올라가시죠."

남자는 멋쩍은 듯 머리를 긁적이더니 표적을 향해 날아가는 화살처럼 빠르게 차를 몬다. 남자는 갈림길에 다다르면 속도를 줄이고 미란의 의중을 살폈다. 미란은 그때마다 좌회전과 우회전이라고만 반복하며 건조하게 말했다. 정상에 다다르자 남자는 차를 천천히 몬다. 미란은 차창 밖으로 펼쳐진 오색으로 옷을 갈아입은 가을산을 감상한다. 차창을 반쯤 열고 신선한 공기를 들이켜니 목에 걸려있던 것 같은 무엇이 식도를 타고 넘어가는 느낌이 들며 서울을 떠나올 때부터 내내 우울했던 기분이 상쾌해진다.

미란은 눈을 감고 아침에 있었던 일을 생각해 본다. 아침까지 술에 절은 오빠는 움직이지 못하고 있는 아버지를 향해 고함을 질러댔다. 회사의 부도로 육 개월분의 월급을 한 푼도 못 받은 오빠는 술로 살았다. 오빠의 주사가 처음엔 자학으로만 일삼더니 언제부터인가 그 주사는 아버지께로 향했다. 아버진 오빠의 모욕에 가까운 언행을 다 들으며 저항하지 않고 이불 속에서 앓는 소리만 냈다. 가끔씩 미란을 바라보던 오빠의 광포한 시선은 인간의 시선이 아니었다. 미란은 인간이 저렇게까지 타락할 수 있는 것일까를 생각하며 무릎에 얼굴을 묻고 그만하라고 절규하듯 소리쳤다. 광기에 찬 오빠는 동에서 나눠준 이십 킬로그램짜리 쌀부대를 들고 나가며 끝이 났다. 조용해지자 아버진 이불을 들추고 방 안을 살피다 미란을 바라보고 눈길을 멈췄다. 미란은 아버지가 찾고 있는 것이 자신이 기대어 앉아있던 쌀부대라는 것을 잘 알고 있었다. 쌀부대가 없어진 것을 안 아버진 무슨 말인가를 하려다 복받치는 눈물을 억지로 참으며 한없이 긴 낮은 옥타브의 잔기침을 해댔다. 차가 멈춰 섰다. 갈림길에 다다른 남자는 미란이 어떤 생각에 깊이 잠겨있자 어찌할 바를 몰라한다.

"좌회전하세요."

미란이 당돌하게 말한다.

남자는 알았다는 듯 서둘러 핸들을 돌린다. 모퉁이를 돌자 노란색 은행나무 잎에 반쯤 숨겨진 산장 같은 여관이 눈에 들어온다. 며칠 전에 왔을 땐 그렇게 푸르던 은행나무 잎이 어느새 노랗게 변해 있다. 붉은 벽돌에 하얀색 줄무늬를 입힌 벽, 지붕은 초록색 넝쿨이 씌워져있고 주위의 풍경과 어우러져 마치 그림에서 본 한적하고 평화로운 스위스 촌락이 연상되는 건물이다.

"저곳으로 가세요."

미란이 손가락으로 여관을 가리킨다.

남자는 목적지에 도착했다는 안도감에서인지 다음에 있을 유희를 생각해서인지 숨죽여 가는 한숨을 몰아쉰다. 여관의 주차장에 차를 밀어 넣은 남자는 주차해 있는 차들을 주위 깊게 관찰하고 조심스럽게 문을 연다.

"아는 차라도 있어요."

남자는 대답 대신 고개를 가로젓는다.

"따라오세요."

남자는 미란이 당당하게 안내하자 안심이라는 듯 미란을 뒤따른다.

미란이 방에 들어가자마자 TV를 켠다. 미란은 TV가 서먹한 감정을 다소 안심시켜 준다는 것을 잘 알고 있다. 특히 이 남자처럼 자신이 부도덕한 일을 벌이고 있다는 생각에 사로 잡혀 있는 남자들에게는 더 효과적이었다.

침대에 걸쳐 앉아 TV만 바라보고 있는 남자를 한차례 흘겨보던 미란이 서슴없이 옷을 벗는다. 말없이 TV를 보고 있는 남자의 귀밑이 벌겋게 물들여지는 것을 확인한 미란이 미소를 띠며 말한다.

"먼저 샤워할게요."

"응……."

남자가 머뭇거리며 대답한다. 남자의 서툰 모습을 뒤로하고 욕실로 들어간 미란은 남자의 다음 행동을 생각하며 미소를 띤다. 저렇게 도덕군자처럼 머뭇거리다가도 침대에 누우면 생각이 달라진다는 것을 미란은 그간의 경험에서 잘 알고 있다. 대부분의 중년 남성들은 미란이 샤워하고 있는 시간 동안에 옷을 벗고 침대에 누워 샤워하고 나오는 자신을 기다렸다. 이 남자의 친구라는 지난번 남자도 그랬다.

샤워를 마치고 문을 여니 미란이 생각한 대로 남자는 옷을 벗고 침대에 누워있다. 미란이 침대로 눈을 돌리자 미란을 훔쳐보던 남자가 눈을 감는다. 미란이 침대에 오르자 남자는 어떤 위업을 달성하려는 장인이나 예술가처럼 신중하면서도 집요하게 때론 광포하면서도 부드럽게 성감대 높은 부위만 골라 애무하고 자신의 유희를 즐긴다. 미란은 이런 섹스를 할 때마다 도덕적으로 자신이 더럽혀진다는 생각을 했으나 여러 남자를 거치면서 이 일에 익숙해져 가는 자신에 놀랐다. 남자의 유희의 폭풍이 잔잔해지는가 싶더니 남자는 미란을 안고 잠에 빠진다. 미란도 가슴에 안겨 모든 것을 잊으려고 눈을 감는다.

미란이 싸늘한 감촉을 느끼며 눈을 뜨니 사위가 캄캄했다. 마치 깊은 동굴 속에 홀로 남겨져 있는 것같이. 한참을 생각하다 벽을 더듬거려 불을 켜니 남자의 자리엔 아무런 흔적도 없고 남자의 것으로 보이는 소금기에 풀이 죽은 배추잎처럼 생긴 만 원권이 미란이 누워있던 침대 머리맡엔 가지런히 쌓여있다.

미란이 호출택시를 타고 막 한강교를 넘어가고 있을 때 연희한테서 전화벨이 울린다. 연희는 벌써 헤어졌던 그 커피숍에 나와 기다리고 있었다.

"오늘은 나가기 힘들 것 같아."

"무슨 일 있었어?"

"그건 아니고 개인적으로 할 일이 있어서."

미란은 누워있을 아버지를 생각한다. 당뇨합병증으로 두 다리가 잘려 매일같이 누워 자신을 비관하며 살고 있는 아버지는 자신이 처한 신체적인 상황보다 가장이면서도 가족을 부양하지 못하고 있는 현실을 더 비관했다. 대소변은 자신이 혼자서 힘들게 해결했지만 비 오는 날은 방송에서 알려주는 일기예보보다 더 정확하게 맞췄다. 저기압과 어떤 연관이 있는지 비가 오려는 날이면 아버지는 절단된 다리 끝이 아리다며 두 손으로 그곳을 부여잡고 앓는 소리를 냈다. 몇 해 전까지만 해도 미란이 아린 부위를 찜질을 해주었지만 지금은 그 일을 아버지가 원치 않았고, 미란이 자유롭게 밖으로 나가 자신의 일을 할 수 있도록 모든 일을 자기 혼자서 했다.

차에서 내린 미란은 하루 종일 없어진 쌀 때문에 상심하고 있을 아버지를 생각해 쌀집으로 향한다. 사만이천 원을 하는 이십 킬로 쌀 한 부대를 배달원에게 조용하게 문 옆에 놓게 한다. 방 안으로 들어가니 언제부터 잠이 들었는지 컴컴한 방 안에서 아버지의 고른 숨소리가 들린다. 조심스럽게 쌀을 방으로 옮겨놓고 불을 켠다. 백색 형광등불이 깜박거리며 창백하게 방 안을 비춘다. 아버지가 눈이 시린지 얼굴을 찡그리다 눈을 비빈다. 눈을 뜬 아버진 미란의 표정을 살피다 방 안 구석에 놓인 쌀부대를 바라보며 의아한 표정을 한다.

"밖에 쌀부대가 있어 들고 들어왔어요. 오빠가 가져가지 않았나 봐요."

아버지는 오빠라는 말에 치를 떨며 상체를 일으킨다.

"쌀부대를 이리로 끌어다 놓아."

아버지가 쌀부대를 힘겹게 끌며 말한다.

미란이 쌀부대가 놓여있던 아버지 머리맡으로 옮겨 놓자 아버진 다시 평화로운 모습으로 잠이 든다. 아버지의 모습을 바라보다 막 잠이든 새벽녘. 쌀부대와 바꿔 마신 술로 만취한 오빠가 들어와 고함을 몇 번 지르다가 윗목에 쓰러져 그대로 잠이 든다. 좁은 방 안이 순식간에 술 냄새로 전다. 밖으로 나와 담 밑에 기대어 앉아 동네 밑으로 반짝거리는 도심의 불빛을 바라본다. 새벽인데도 도시는 할 일이 그리 많은지 초롱초롱 불빛을 토해낸다. 가끔씩 한기 섞인 바람이 불 때마다 몸을 움츠린다. 눈을 감고 지난번 연희와 찾아갔던 나이트클럽을 생각한다. 술에 취한 또래의 아이들이 번쩍거리는 불빛을 따라 흐느적거리는 모습이 눈에 선하게 다가왔다 사라진다. 문득 어디론지 미친 듯 뛰어가고 싶은 충동이 인다. 핸드폰을 들고 연희한테 문자를 보낸다. '넌 지금 잠에 떨어져 꿈속에 있겠지만 난 오늘 너무도 죽고 싶은 날이야.' 폴더를 닫고 일어서 하늘을 올려본다. 서울 어느 곳보다 가깝게 느껴지는 하늘에는 수많은 별들이 초롱거린다. 기억 속에서 가물거리는 집을 나간 어머니의 모습을 그려볼 때 핸드폰이 울린다. 연희다.

"어디야?"

"집 앞."

"왜. 자지 않고 있었어?"

"잠이 안와서."

"근데 목소리가 왜 그래. 이 시간까지 자지도 않고."

"아무렇지 않아. 좀 울고 싶었거든."

"나 그리로 가도 돼?"

"응."

미란은 폴더를 닫고 밑으로 달렸다. 부산했던 낮과는 달리 새벽은 너무도 한산한 거리다. 가끔씩 바람이 불어 길가에 떨어진 낙엽을 쓸고 다녔다. 단숨에 한길까지 내려간 미란은 한참 동안 기다려 택시를 탄다.

"성북동으로 갑시다."

졸린 운전사가 피곤한지 손을 치켜들고 하품을 한다. 택시 안에서 연희가 새벽까지 잠 못 이룬 이유를 생각한다. 숨이 막힐 것 같은 공간 속에 살고 있는 자신의 모습과 성북동 저택의 연희를 비교해 본다. 연희의 아버진 IMF 때문에 더더욱 부를 축적한 사람이었고 일 년에 반은 외국에서 현지처와 살고 있다. 연희의 어머니는 매일같이 밖으로 돌았다. 한때는 시간을 즐기려고 춤을 배웠고 그것이 싫증이 났는지 이제는

지성인의 모습으로 보여야 한다며 수백 권의 책을 사 주는 조건으로 듣도 보도 못한 잡지에 시인으로 버젓이 이름을 올려 시인 행세를 하고 다닌다. 연희는 돈만 있으면 모든 것을 다할 수 있다고 생각하는 그런 것을 싫어했다. 연희에게 관심이 없는 연희의 어머니는 연희가 고등학교를 그만둔 지 일 년이 다 되었어도 아직도 그 학교에 다니고 있는 것으로 알고 있다. 연희의 집은 부자들이 살고 있는 마을 저택이다.

미란이 연희 집에 도착하니 연희는 대문 앞에 쭈그리고 앉아있다.

"새벽까지 잠 안 자고 무슨 일 있었어?"

"술 마시다 얼마 전에 들어왔거든."

미란이 연희 앞에 쭈그리고 앉아 연희 얼굴을 바라본다. 방금 전까지 울고 있었는지 눈가에 이슬 같은 것이 반짝거린다.

"이 도시를 떠나고 싶어. 정말 멀리 떠나고 싶어. 아무도 모르는 낯선 곳으로……."

연희가 쭈그리고 앉아있는 옆으로 다가간다.

"집에 아무도 없어?"

"응. 사실 니 전화를 받은 곳도 여기야. 막 집으로 들어가려고 할 때였어. 여기서 조금만 걸어가면 좋은 곳이 있는데 갈까?"

"어딘데?"

"이십 분 거리야. 나 혼자 찾아가곤 하는 곳이지."

미란은 연희가 가고 있는 곳이 어디인지 알 수 없었지만 우울할 때면 마음에 위로를 받을 만한 장소일거라 생각하며 연희의 뒤를 따라갔다. 연희가 가고 있는 골목 안은 대낮같이 환하다. 양옆으로 자리한 집들의 울안에는 제멋대로 자라나 자유스럽게 보이는 노송들이 하늘을 덮고 있고 한결같이 높은 담이 갑갑함이 없이 고풍스러운 집들과 조화를 이루고 있다.

"어디로 가는 거야?"

"말하면 알겠어?"

미란은 말없이 자꾸 공원길 같은 곳으로 앞서 오르는 연희를 따라갔다. 연희가 길을 멈춘 곳은 삼청터널 입구였다. 연희는 삼청터널 입구에서 쭈그리고 앉아 가끔씩 터널로 들어가는 차량을 바라본다. 미란도 연희 옆에 쭈그리고 앉아 밑을 바라본다. 쏜살같이 빨려들어 가는 차량들. 연희는 어떤 생각을 하며 입구로 들어가는 혹은 안에서 나오는 차량들을 바라보고 있는 것일까? 생각하며 연희를 바라보다가 다시 차량들을 내려본다. 오래도록 바라보고 앉아있으니 느낌이 묘했다. 터널 속으로 들어가는 자동차들의 행렬이 어떤 땐 마치 불나

비가 불 속으로 뛰어드는 그런 모습으로 보여 졌고, 어떤 땐 엄청난 블랙홀의 소용돌이 속으로 빨려 들어가는 아무것도 아닌 우주의 피조물들처럼 보였다. 굴속으로 들어가는 차량과 굴속에서 나오는 차량이 너무도 달랐다. 굴속으로 향해 들어간 차량의 불빛은 그것으로 끝이 나버리는 반면 나오는 차량의 불빛은 더욱 창백한 빛을 토해 내었고 긴 꼬리의 여운을 남겨 놓고 도심으로 쏜살같이 내려갔다. 연희가 생각하고 있을 것들을 유추해 본다. 술에 취하면 항상 말해왔던 이중인격 인간들의 위선이 싫다며 아무도 모를 어떤 곳으로 떠나고 싶다던 말이 귓전에 맴돈다. 미란은 그 생각을 하다 뭔가를 생각하며 뚫어져라 바라보고 있는 연희를 바라본다. 연희는 분명 뭔가를 꾸미고 있는 모습이다. 자신에 대하여 뭔가를 꾸미고 있는 모습의 연희가 시간이 갈수록 두려워졌다. 미란은 일어서 시내 쪽을 내려본다. 푸른빛이 감도는 시가지의 불빛이 깜박거렸고, 터널에서 빠져나온 긴 꼬리를 단 차량들이 합류하는 도시의 얼굴이 일그러져 보이는 듯하다.

"어떤 느낌이야?"

연희가 일어서며 말한다.

"별 느낌이 없어."

"한동안 앉아서 생각해 보면 어떤 느낌이 있을 거야. 자긴 처음이라 이런 느낌을 알 수 없을 거지만."

시간이 갈수록 터널로 빨려드는 차와 나오는 차가 많았다. 먼 곳에서부터 차츰 어둠이 비끼고 있었다.

"이제 내려가."

미란이 그렇게 말하고 발걸음을 돌리자 연희가 따라왔다.

"난 이제 이 도시를 떠날 때가 온 것 같아."

"왜?"

"나에 대한 느낌이지. 더 이상 이곳에서 숨 쉬고 있다는 것이 싫기도 하고."

미란은 말없이 연희의 이야기를 듣기만 했다. 연희는 자신이 생각하고 있는 느낌을 말하며 종종 한숨을 쉬곤 했다. 생각해 보면 연희의 방황은 아무것도 아니고 일반적인 아이들과 생각의 정도가 조금 다른 것뿐이라 생각했다.

연희의 집 앞까지 같이 간 미란은 마치 도살장으로 끌려 들어가는 소처럼 들어가기 싫어하는 연희를 물끄러미 바라본다. 대문 앞에 쭈그리고 앉아 담배를 한 개비를 다 태우고 난 다음에야 연희가 스스로 대문의 열쇠를 열고 안으로 들어갔다. 미란은 연희가 잘 단장된 정원의 누렇게 변한 잔디 사이를 지나가는 것을 확인하고 발걸음을 돌린다. 집에 도착하니 안개 너머로 뿌옇게 새벽이 밝아왔다. 집에 들어가기 전 밝아오는 서울의 아침을 바라본다. 으스름히 다가오는 고층건물 사이로 안개들이 무리지어 있다. 시간이 지남에 따라 빠르게 빌딩들의 윤곽이 또렷해졌다. 방 안으로 들어서니 어둠 속에서 시커먼 물체가 방 한가운데에 앉아있다. 놀라 그 자리에 서서 물체를 자세히 확인한다. 시간이 갈수록 그 물체의 윤곽이 확실하게 드러나 보인다. 오빠다. 언제 일어났는지 술에 취해 곯아 떨어졌던 오빠가 잠을 자고 있는 아버지의 얼굴을 뚫어져라 내려 보고 있다.

"이제오니?"

생각지도 않았던 부드러운 오빠의 목소리다. 미란은 갑작스럽게 가슴에서 뭔가가 울컥하고 치민다. 가난과 부자인 연희에 대한 부러움, 그런 종류였다.

"친구네 집에서……."

미란은 더 이상 말을 맺지 못하고 아버지가 덮고 있는 이불 속으로 들어간다. 아버지의 온기 때문인지 차디찬 방 안과는 다르다. 오빠의 시선을 의식하며 눈을 감는다. 눈에서 눈물이 흘렸지만 소리가 나지 않도록 이를 악문다.

한동안 깊은 잠에 떨어진 미란은 누군가가 부르는 소리에 눈을 뜬다. 눈을 감고 귀를 세워 목소리를 확인했지만 도무지 알 수 없는 사람의 낯선 목소리는 분명 미란을 부르는 소리다. 미란이 누운 채 말한다.

"누구세요?"

"서미란 씨 계십니까?"

분명 낯선 목소리의 주인공은 자신을 찾고 있다. 원조교재를 하고 있는 자신의 행위들이 들통난 것이 아닐까 하는 생각이 들어 겁이 덜컥 난다. 도망쳐버릴까 생각도 했지만 도망치기엔 너무 늦은 것을 알고부터 태연해야 한다고 생각하며 머리를 손으로 쓸고 옷을 고쳐 입는다.

"누구세요?"

미란이 문을 열자 정복을 한 경찰관이 문 앞에 서 있었다.

"서인석 씨가 누구시죠?"

"오빠데요."

미란은 순간적으로 오빠가 또 사고를 쳤구나 생각하며 술에 절은 오빠를 생각한다.

"이번엔 얼마를 물어줘야 하나요?"

"얼마라뇨? 여기……."

경찰은 물기가 채 마르지 않은 하얀 쪽지를 건넨다. 오빠의 글씨다. 또박또박 써 있는 글씨. 미란은 오빠의 글을 읽는 동안 자꾸만 손이 떨렸다.

"애석하게도……."

경찰은 말끝을 흐리며 죽었다는 암시를 한다.

"어디입니까? 어떻게……."

"여기에서 멀지 않은 병원 영안실인데. 보호자는 아가씨뿐인가요?"

"아버지가 계신데 몸이 성치 않아요."

미란이 방으로 눈을 돌리자 언제 일어났는지 아버지가 몸을 문턱에 의지하며 절규한다. 미란은 아버지를 부축해 휠체어에 앉히고 경찰관의 뒤를 따른다. 몸이 휘청거렸지만 아버지의 휠체어가 몸을 지탱하게 해준다. 경찰관이 안내한 병원의 영안실에 도착하니 낯선 한 사람이 누워있다. 얼마나 배가 고팠으면 저렇게 먹었는지 포만감에 부푼 복부와 왠지 낯선 얼굴을 한 젊은 한 사람. 미란은 아침에 보았던 오빠의 얼굴과 너무도 다른 이질감이 있는 얼굴을 대한다. 하지만 그 사람은 부인할 수 없는 오빠다. 얼굴의 생김새가 물에 불어있었지만 윤곽은 같다. 오빠의 얼굴을 대하고 있으니 눈물도 나오지 않는다. 언젠가 어머니가 집을 나갔다는 것을 알아 방 안에서 홀로 울고 있을 때 따뜻하게 어깨를 감싸주던 오빠의 목소리를 듣고 느꼈던 감정을 오늘 아침에야 처음으로 느꼈던 미란이었다. 어렵게 고등학교를 나와 취직됐다고 좋아하던 청순했던 모습이 신기루처럼 나타났다 사라졌다. 마지막 가는 모습은 봐야 한다던 미란의 아버지는 아들의 얼굴을 보자마자 휠체어에서 떨어져 의식을 잃었고 곧 그 병원에 입원하였다. 오빠를 보내줘야 했지만 혼자는 너무도 무서웠다. 저녁에 연희에게 연락하여 아침까지 같이 지내고 병원에서 내어준 차로 화장터로 향했다. 화장터 옆에는 폐차장이 자리잡고 있고, 그 주위로 키 큰 코스모스가 수채화처럼 피어있다. 연희는 폐차장의 찌그러진 차량들을 보며 아주 다른 모습으로 재생되는 물건들을 상상했지만 미란은 청순하게 피어있는 코스모스를 보며 지난날의 오빠의 추억들을 되새겨 보았다. 좋은 이미지만 생각해 보려고 애를 써도 그 생각 끝엔 항상 주정꾼으로 남아 있는 오빠의 이미지만 떠오른다.

화로로 들어간 오빠의 모습은 두 시간 정도의 시간이 되자 뼛조각 몇 개만 남아 있을 뿐이다. 분쇄기 그릇에 뼛조각을 담아 인부에게 넘기니 얼마 지나지 않아 인부는 분말로 만든 뼛조각을 상자에 넣어 가져온다.

미란은 오빠의 체취가 남아 있는 분말가루를 들고 연희와 성수대교로 걸어간다. 미란은 몇 년 전 교량이 무너져 새롭게 설치한 곳에 서서 한 움큼씩 분말을 뿌린다. 안개처럼 흩어지는 분말이 교량 밑으로 떨어지며 강바람에 뿌옇게 날린다. 연희는 멀리로 흔적도 없이 사라져 가는 분말을 말없이 바라보기만 한다. 얼마 만에 분말을 다 뿌린 미란이 분말을 담아왔던 상자를 강물에 떨어뜨린다. 미란은 그 자리에 서서 상자가 강물에 떨어져 잔물결에 떠내려가는 것을 물끄러미 바라본다.

"오빠 어떤 사람이었니?"

미란이 곁으로 다가온 연희가 미란의 눈치를 봐가며 조심스럽게 말한다.

"평범한 그런 오빠였는데…… 참 이상하지 어제까지 살아 있던 사람이 흔적도 없이 사라져 버리니. 오빠 좀 부유한 집에서 다시 태어났으면 해. 하고 싶은 일을 다 할 수 있는 그런 집에서……."

그 생각은 미란 자신이 생각하고 있는 꿈이기도 하다.

"가진 것은 그리 중요치 않아."

미란이 연희를 바라본다. 연희의 머리칼이 얼굴을 가리고 있었지만 바람에 흔들릴 때마다 연희의 눈에 고인 눈물이 강물에 비친 햇살처럼 반짝거린다.

"미란아, 사람은 재생되는 것이 아냐. 폐차장에 있는 자동차처럼 다른 것으로 새롭게 만들어지는 것이 아니라고. 알았어?"

"그렇지 않을 거야. 분명 우리가 모르는 어떤 법칙이 있을 거라고. 나는 그것을 믿어. 그래야 공평한 거고."

"그래. 그렇게 생각하자 그렇게……."

연희가 울음을 왈칵 토해내며 미란을 안았다.

"미란아, 나는 어디로든 떠날 거야. 이 도시에서 사는 것이 너무도 숨이 막혀."

한참 동안 울던 연희가 두 손으로 미란의 얼굴을 감싼다. 눈물이 적셔있는 손이다.

"넌 어찌 그렇게 강하니……."

그렇게 말한 연희가 손을 내려놓고 뛰어갔다. 차츰 어둑해져 가는 교량 끝으로 연희가 사라지고 난 다음에야 미란은 다시 교량 밑을 바라본다. 도심의 빌딩에서 비친 불빛이 강물에 반짝이고 있다. 너무도 깊고 푸른 강이다.

좁은 단칸방이 너무도 넓어 보였다. 이젠 가슴 조리며 기다리던 오빠를 생각할 필요도 없고, 항상 아랫목에 누워있던 아버지도 없다. 방 안에 누워있으니 잠이 오지 않았다. 그동안 짐처럼 생각했던 아버지와 오빠의 존재가 미란 자신에게 얼마나 큰 의지의 존재였는지 알 것만 같다. 무심코 TV를 켜니 뉴스가 진행되고 있었고, 마침 고개 숙인 죄인들이 비쳐졌다. 낯이 익은 사람이라 생각되어 자세히 바라보니 중년의 그 남자들이다. 원조교재를 해온 사회 지도층 사람이라며 그 사람들을 클로즈업시켰다. 다행히 원조를 해주었다는 옆에 있는 조그만 소녀는 연희가 아니었다. 핸드폰을 들고 연희에게 전화를 걸까 생각하다 그만 두고 핸드폰을 방바닥에 내려놓자 벨이 울린다. 연희다.

"미란아, 난 지금 떠나. 생각보다 빠르긴 하지만, 넌 강하니까 잘 버틸 거야. 네가 생각하는 좋은 세상이 있었으면 좋겠다. 안녕."

"어디로, 어디로 가는 거야……."

미란은 연희의 문제보다 자신의 문제가 더 걱정되었다. 만약 연희가 경찰에 붙들려 간다면 자신도 무사하지 않을 거라는, 내심으로 연희가 어디론지 도망쳤으면 했다. 미란이 연희를 불러보았지만 연희는 끝내 대답하지 않았다. 겁이 덜컥 난다. 그리고 연희의 목소리를 생각해 본다. 누구에게 쫓기는 그런 목소리가 아니었고, 너무도 침착한 목소리였다. 미란은 지난번부터 말해왔던 이 도시를 떠나겠다는 연희의 말을 떠올린다. 연희가 이 도시를 떠나 어디로 갈지를 생각하다 깜짝 놀라 일어선다. 미친 듯 집을 뛰쳐나와 연희와 날을 세웠던 삼청터널로 뛰었다. 택시를 타면 더 빨리 갈 수 있었으나 걸음이 더 빠른 느낌이 들었다.

터널 입구에 도착하니 그곳에 연희는 없었다. 지난번 새벽까지 앉아있었던 굴 입구에 쭈그리고 앉아 굴속으로 들어가는 차량들을 무심코 내려다본다. 연희가 얼마나 많은 날을 이곳에서 보냈을까? 그리고 어떤 생각을 하고 있었던 것일까? 여러 가지 생각들이 머리를 어지럽힌다. 밤이 깊어질수록 터널로 들어가는 차량과 나오는 차량이 속력을 더했다.

이 큰 도시에 단 한 사람뿐이었던 친구. 자신을 인간으로 이해해 주었던 그 친구가 어디로 가버린 것일까? 차량들의 들락거리는 모습을 멍청하게 바라보고 있다가 갑자기 이상한 생각이 든다. 터널 속으로 들어갔던 차량과 나오는 차량이 마치 무한궤도를 돌고 있는 것 같은 그 생각을 하며 더 유심히 들어가는 차량과 나오는 차량들을 살펴본다. 마치 안과 밖이 없는 뫼비우스의 띠를 돌고 있는 것 같은 느낌이 들자 미란은 가슴이 뛰었다. 연희는 이곳에 앉아 뫼비우스의 띠를 벗어나고 싶어 몸부림쳤던 것은 아닐까? 이 도시에 살면서 이 도시를 그토록 처절하게 벗어나고 싶어했던 연희의 술 취한 모습이 눈앞에서 아른거리는 것 같았다.

미란은 자신의 존재를 생각해 보며 차량들이 질주하고 있는 터널 밑을 바라본다. 일정한 간격을 유지하며 돌고 있는 움직임. 미란은 막 밝아오는 새벽의 한기를 느끼면서 자기가 앉아 있는 공간을 살펴본다. 자기가 쭈그리고 앉아 있는 공간이 멈추어진 임의의 공간이 아니라는 생각이 들면서 자신의 의도와는 전혀 상관없이 무엇엔가 결박된 채 어디론지 흘러가고 있다는 느낌이 든다. 마치 차량들이 안으로 혹은 밖으로 흘러가는 것처럼.

봄주꾸미

1

이월 중순으로 들어서자 날이 풀리면서 바닷물 위에 물안 개가 우윳빛으로 머물러 있다. 명순은 조용하고 부드럽게 찰 푸닥거리는 소리를 들으며 아직 잠이든 새벽 바다를 바라본 다.

멀리 바다 한가운데에서는 새만금간척사업으로 생긴 도로 로 질주하는 차량이 반딧불처럼 움직인다.

한동안 바다를 바라보던 명순은 앵커에 고정되어 있는 전 마선의 줄을 풀고 전마선으로 올라가 손으로 안벽을 민다. 전 마선이 안벽에서 떨어지며 물 위를 조용히 미끄러진다. 전마 선이 배 사이를 빠져나가자 선외기의 줄을 몇 번 잡아당겨 시 동을 건다. 고요하게 잠든 아침 바다가 기계음으로 깨어난다.

시동이 걸리자 엔진 소리를 들으며 배기관을 적당히 조정하여 운전하기에 알맞은 소리가 나도록 한다. 엔진에서 경쾌한 소리가 나자 능숙하게 한 손으로 키를 잡고 고속페달을 밟는다. 왱— 하는 소리와 함께 새벽 바다에 머물러 있던 우윳빛 안개가 갈라지고 명경지수 위에 흰 거품이 곡선을 그린다.

물살을 가르며 나아가는 전마선의 속도는 막힌 물이 터지는 것처럼 시원하다. 명순은 가끔씩 흐트러진 머리를 버릇처럼 뒤로 넘기며 소호 안에 틀어 앉아 있을 주꾸미를 생각한다.

남편이 살아 있을 때는 남편을 도우려고 전마선을 탔지만 남편을 물에 잃고부터는 그 일을 혼자서 한다. 남편이 배를 쉽게 움직이고 물질을 능숙하게 해 쉬운 일로 생각하고 남편이 하던 대로 배를 움직여 봤지만 쉽게 되지 않았다. 일이 생각대로 되지 않자 다 때려치우고 뭍으로 나가 살까도 생각했지만 그때마다 남편 친구였던 장씨가 송충이는 솔잎을 먹고 살아야 한다며 곁에서 도와주었다. 얼마 동안 항해 기술과 물질을 배우고 나서야 비로소 혼자서 배를 움직일 수 있었고, 물질도 할 수 있었다.

이십여 년 전만해도 남편과 함께 주꾸미소호를 걸어 올리면 소호 안이 주꾸미로 가득 차 있었고, 어떤 소호는 두 마리씩 들어 있는 것도 있었지만 새만금간척공사로 물이 막혀서 인지 빈 소호가 많다. 군산에서 수족관차를 하는 이씨는 이제 그만 이 일을 하라고 볼 때마다 말한다. 하지만 바다를 바라보며 매번 출항 때의 희망만큼이나 물에 잃은 남편이 돌아올까 하는 막연한 기대로 살아간다.

이른 봄철부터 바다에 나가 소라껍질 속에 들어 있는 알이 통통히 들어찬 주꾸미를 갈고리로 캐내고 있노라면 이십여 년 전에 죽은 남편의 따뜻한 입김을 느낄 수 있다. 그때는 새만금간척사업을 하지도 않았고, 막는다는 소문도 없었다. 한살 난 딸의 새근거리는 숨소리를 듣고, 새벽같이 바다로 나가 날이 밝기를 기다리며 남편과 눈을 맞췄다. 매서운 바닷바람에도 아랑곳하지 않고 남편은 맨살을 비벼대는 것을 좋아했고, 남편이 하자는 대로 따라했다. 배가 기우뚱거릴 때마다 뒤집힐까 두려워 소름이 끼쳤지만 남편은 따뜻한 입김을 귀볼에 불며 부드러운 목소리로 안심을 시키곤 했다.

"당신을 호강시킨다고 데려와 놓고선……"

그때 그렇게 말하는 남편이 믿음직했다.

틉틉한 막걸리색 바닷물이 만조를 이루고 있어 물의 흐름이 정지되어 있다. 시간에 맞춰 작업을 해야 하는 명순은 웽웽거리는 실외기를 끄고, 갈고리로 부표를 전마선 위에 건져

올린다. 부표를 따라 끌려나오는 주꾸미소호를 전마선 위에 올려놓고 소호 안을 살핀다. 기대와는 달리 주꾸미의 양이 적었지만 이월 중순으로 들어서자 산란을 하려고 모여드는 주꾸미가 있어 잡히는 양이 초순보다는 훨씬 많다. 소호 안을 제집인 양 틀어 앉아 있는 주꾸미를 갈고리로 꺼내 전마선 바닥에 놓인 비닐 그릇에 던져 넣는다. 비닐 그릇에 담긴 주꾸미들은 하나같이 통통한 알주머니를 가지고 있다.

정신없이 일에 몰두하고 있을 때 서서히 배가 움직인다. 물이 빠져나가고 있는 것이다. 잠시 후면 서서히 움직이던 물살이 거세진다는 것을 잘 알고 있어 서둘러 속이 빈 주꾸미소호인 소라껍질을 다시 바닷물 속에 던져 넣는다. 던져 놓은 흰 부표가 물살에 움직여 마치 큰 물새가 물 위에 떠 있는 것처럼 보인다. 실외기를 천천히 가동시킨다. 어느새 안개가 걷히고 해가 동쪽 산허리에 올라와 있다. 선착장으로 향하며 가끔씩 비닐 그릇을 바라본다. 방금 건져올린 주꾸미가 비닐 그릇에 붙어 능청스럽게 어슬렁댄다.

"그려. 오늘도 이씨 헌티 넘겨야 혀."

그렇게 아랫입술을 깨물며 혼잣말을 하고 장씨를 생각한다. 딸 숙자가 화해를 하라고 누차 말했지만 장씨가 했던 말을 떠올리면 가슴팍에서 피가 거꾸로 솟는다.

선착장이 가까울수록 장씨가 오늘도 나와 있을까? 생각하며 선착장을 이리저리 살핀다. 희미하게 이씨의 트럭이 보이고, 이씨가 트럭 앞에서 기다리고 있는 모습도 어렴풋이 보인다. 장씨를 찾으며 전마선을 서서히 안벽 쪽으로 향한다. 이씨가 기다렸다는 듯 달려와 명순이 던져주는 로프를 앵커에 건다. 시동을 끄고 비닐 그릇을 뭍에 올려놓자 비닐 그릇에 담겨 어슬렁거리는 주꾸미를 바라본 이씨가 탐욕스럽게 미소를 띤다.

"애들도 다 키워 놨으니 인자 험헌 일일랑 그만두소."

이씨가 탐욕스런 미소를 감추고 뭍에 올라온 명순을 바라본다.

"이거나 들어주소."

못 들은 척하며 주꾸미가 담겨 있는 그릇을 힘겹게 이씨에게 건넨다.

"오늘은 통통허니 알이 가득 찬 것들만 잡았소 이."

이씨가 명순의 부푼 가슴을 곁눈질한다.

"숙자 어머니, 인자 우리 어촌계를 이용허쇼. 외지 사람이 제아무리 숙자 어머니를 생각헌다 허드라도 우리만 허것소."

멀리서 둘 사이를 바라보고만 있던 어촌계장 장씨가 불편한 심기를 애써 감추며 말한다.

장씨는 자기와 멀어진 틈을 노려 이씨가 명순이에게 접근하여 돕는 것을 못마땅하게 여기고 있다.

"계장님. 뭔 말을 그렇게 서운허게 헙니까? 이거 타관 사람들은 어디 장사혀 먹고 살것소?"

하마 눈을 끔벅이며 말한다.

"이 사람아, 자네가 뭘 안다고 동네일에 나서나 나서길."

어촌계장 장씨의 얼굴이 험악하게 변한다.

"아따 어촌계를 이용허든 말든 그건 다 내가 알어서 헐 일 아니요."

어촌계장 장씨와 이씨를 번갈아 바라본다.

"숙자 어머니. 새만금 때문에 우리 어촌계가 이렇게 허약허게 되었지만 한동네 사람으로 우리 어촌계를 이용혀야 허는 거 아뇨. 이게 다 우리들을 위헌 일 아니냐고요."

어촌계장 장씨는 속으로는 어떻게 해서든 화해하고 싶어 달래듯 한다.

예전 같으면 한 어촌에 살면서 어촌계를 이용하지 않는 다는 것은 있을 수 없는 일이다. 새만금으로 동네 사람들 대부분이 보상금을 받고 동네를 떠났고, 남아서 고향을 지키고 있는 사람들은 대부분은 보상금을 얼마 받지 못했거나 보상금을 한 푼도 받지 못한 사람들이다.

마지막 비상구

"계장님. 우리도 생각해 주쇼잉."

이씨가 못마땅한 얼굴이다.

"나는 당신만 보면 재수가 없당게. 인자 보지 않았으면 허구만 잉."

어촌계장인 장씨가 그말을 하고 잡아 온 주꾸미가 담긴 그릇을 바라본다.

장씨가 계장으로 일하고 있는 삼일어촌계는 마을 사람들이 참여하여 운영되는 조직이다. 삼일어촌계에서는 주로 마을 앞 갯벌에서 채취해온 패류를 공동으로 작업하여 공동으로 판매하였고, 수익금의 일부를 운영비로 사용하였다. 하지만 새만금이 막힌 후부터는 패류의 채취량이 줄어들어 어촌계의 운영에 어려움을 겪고 있고, 일백여 명이나 되던 조합원들도 뿔뿔이 흩어져 얼마 남지 않았다. 어촌계 사람들은 남아 있는 사람만이라도 똘똘 뭉쳐 살아가자 말하고, 그러려면 포획어족인 주꾸미까지 어촌계에서 공동으로 처분하자고 말했다. 하지만 남아 있는 사람들이 적고 포획되는 수량도 적어 말이 먹히지 않았다.

"계장님. 우리 공생공존허장게."

이씨가 주꾸미의 무게를 저울에 단다.

"우리가 왜 당신허고 공생공존허나."

장씨가 자꾸만 밖으로 빠져나오려고 발을 내미는 주꾸미를
바라본다.

"명순 씨. 오늘은 어제보다 훨씬 많아요 잉."

이씨가 장씨의 표정을 살핀다.

"산란기 아녀."

명순은 장씨의 붉어진 얼굴 표정을 본다.

"그려요 잉."

이씨는 주꾸미를 수조에 쏟아붓고는 그릇에 달라붙어 있는
주꾸미를 떼어 수조에 마저 던져 넣는다. 장씨는 명순이와 이
씨를 번갈아 바라보고 화를 참으며 윗주머니에서 담배를 꺼
내 피워 문다.

"명순 씨. 내일 봅시다."

이씨가 명순에게 돈을 셈하여 건네며 장씨를 한차례 힐긋
바라보고 차에 오른다.

"알았쇼. 가보드라고."

명순이 받은 돈을 앞주머니에 쑤셔 넣자 검은 연기를 장씨
앞에 한바탕 뿜어놓고 이씨의 차가 떠나간다. 붉어진 얼굴로
이씨의 차가 동네 어귀를 벗어날 때까지 그 자리에 서서 바라
보다 화를 삼키듯 마른침을 삼킨 장씨는 명순을 바라본다. 명
순은 장씨의 눈을 피해 주꾸미를 담았던 그릇을 전마선 위에

던져 놓고 슬그머니 자리를 떠난다. 장씨는 집으로 향하는 명순의 뒷모습을 한동안 바라보며 마음을 삭인다.

선창에서 돌아와 장씨에게 했던 일을 너무했다 생각하며 막 눈을 붙이고 있을 때 장씨가 들어와 눈을 감고 있는 명순을 바라본다. 한동안 우두커니 서서 곤하게 자고 있는 애물단지 같은 얼굴을 바라보고 있을 때 인기척에 놀라며 눈을 뜬다.

"이게 뭔 일이랴!"

놀라며 덮고 있던 이불을 감싸 안는다.

"못 올디 왔당가?"

장씨가 침을 한번 삼키고 능청스럽게 말한다.

"나가요. 소리 지를 테니."

단호하게 말했지만 목소리가 떨린다.

"왜 갑자기 나를 미워허는 거여."

장씨가 웃옷을 벗으며 황소처럼 달려든다.

"당신 같은 인간허고는 마주 바라보기도 싫다니께."

독기서린 눈으로 장씨를 바라본다. 장씨가 명순의 눈을 바라보고는 놀라며 슬그머니 벗어놓았던 웃옷을 집어 들고 뒷걸음질친다.

"내가 뭔 잘못이 있어……."

기가 죽은 장씨가 모기 소리로 말한다.

"당신 같은 사람허고 더 말하기 싫으니 썩 나가."

명순이 허점을 발견한 맹수처럼 달려든다.

"알았어…… 알았다니께."

장씨는 도망치듯 문을 나선다.

장씨의 뒷모습을 보며 이를 악문다.

홀아비인 어촌계장 장씨가 명순의 집에 드나들기 시작한 것은 남편이 죽고 얼마 지나지 않아서다. 처음에는 위로한다며 드나들었고, 차츰 집안 잔일을 돌보아주며 드나드는 횟수를 늘렸다. 그때까지만 해도 장씨가 남편과의 의리 때문에 도와주는 것으로만 알고, 경계를 하지 않았다. 소나기가 내리던 어느 여름날이었다. 갯일을 마치고 집안으로 돌아와 뒤꼍에 있는 수돗가에서 갯벌에 젖은 옷을 벗고 몸을 씻었다. 소나기가 내렸고, 뒤꼍 감나무가 우거져 밖에서는 볼 수 없는 은밀한 곳이기 때문에 안심하고 은밀한 곳까지 깨끗하게 씻고 뒷문을 통해 어두컴컴한 방 안으로 들어갔다. 방 안으로 들어서자마자 갑자기 억센 손바닥이 입을 막았다. 갑작스럽게 당하는 일이라 너무 놀라 그 자리에서 정신을 잃었다. 그때 새벽 바다 물안개 속 전마선 위에서 남편이 옷을 벗기던 꿈을 꾸었다. 달콤했다. 자꾸만 점마선이 기우뚱거렸지만 그럴 때마다

마지막 비상구

남편은 달콤한 말로 안정시켰다. 그때 남편의 등을 꼭 붙잡고 남편이 하자는 대로 따라 하기만 했다. 한동안 그렇게 몸부림치다가 퍼뜩 꿈이 아니고 현실이라는 것을 알고 눈을 떴다. 그러나 때는 이미 늦었다. 절정에 취해 있는 장씨는 배 위에 있었고, 자신은 전마선 위에서 남편을 사랑스럽게 붙잡았듯 장씨의 등을 붙잡고 있었다. 깜짝 놀라 어렵게 장씨를 밀쳐내고 방구석으로 가 홑이불로 몸을 감쌌다.

"왜 갑자기 그러는가? 내가 잘못헌건가."

그때서야 정신이 드는지 방바닥에 앉은 장씨는 고개를 숙였다.

그런 장씨를 바라보며 처음에는 이를 갈았지만 차츰 홀아비인 장씨가 측은한 생각으로 바뀌게 되었다.

"나가 주드라고."

분을 삼키며 무릎 사이에 얼굴을 묻었다.

"미안혀. 내가 죽일놈이랑게. 당신을 도우러 왔다가 당신의 벗은 몸뚱이를 보고는…… 내가 정말 죽일 놈여."

장씨는 눈물을 뚝뚝 방바닥에 떨어뜨렸다. 그런 장씨를 보고 용서를 해주었다. 그때부터 더욱 열심히 일을 돌보아 주었다.

2

"오늘도 주꾸미가 좋아요 잉."

장씨가 주꾸미 그릇을 바라보자 이씨가 다가서며 주꾸미 그릇을 들어 저울 위에 올려 놓고 무게를 단다.

"아따. 알이 차서 그런지 많이 나가요 잉."

이씨는 장씨가 들으라는 투로 힘주어 말하고 자기가 가지고 온 수조 안에 주꾸미를 부어버린다. 장씨는 이씨가 하는 행동을 바라보며 분을 삭이지 못하겠는지 빈 상자를 발로 걷어 찬다.

"아따. 어촌계장님 참으시오 잉. 그러다 사람 잡것소."

이씨는 뒷주머니에서 돈을 꺼내 셈하여 장씨가 보라는 듯 명순에게 건넨다.

"인자 험헌 일은 그만 허고 살아요. 애들 다 키워 놨는디 뭐가 더 필요혀서 이 고생을 한다요. 그리고 지금 같은 세상에 어떻게 혼자서 살아요. 팔자 고친다고 누가 뭐랄 사람도 없을 거고⋯⋯."

이씨는 돈을 건네고 세어보는 명순을 곱지 않은 얼굴로 바라보고 있는 장씨를 흘겨보며 말한다.

"바다에서 살라는 팔잔디 어쩌것소."

한스럽다는 듯 돈을 앞주머니에 쑤셔 넣는다.

마지막 비상구

"지금 군산서 뭐 허는지 알기나 혀요."

이씨가 명순에게 다가서며 속닥거린다.

"뭐허다니."

이씨가 다가오자 곁눈질로 장씨를 바라보며 한 발짝 뒤로 물러선다.

"지금 주꾸미축제를 준비 헌다고 생난리요."

이씨가 장씨의 못마땅한 얼굴을 살피며 다시 한 걸음 다가선다.

"뭔 축제요?"

다시 한 걸음 물러선 명순이 장씨의 행동을 살핀다.

"저기 저 주꾸미축제요."

이씨가 수조 안에서 꾸물거리는 주꾸미를 바라본다.

"별 축제가 다 있네요. 잉."

명순이 흥미롭다는 이씨를 바라본다.

"내 차를 타고 가보장게요."

흥미를 보이자 됐다 싶었는지 이씨가 다가선다.

"작년에 가보니 먹을 것도 없고 썰렁허등만."

곱지 않은 시선으로 상황을 바라보고만 있던 장씨가 명순이 들으라는 투로 말한다.

"뭔 말을 그렇게 섭허게 헌다요."

사천왕 같은 눈으로 이씨가 장씨에게 달려들 듯 다가선다.

"그렇다는 말 아닌가."

이씨는 종주먹을 쥐고 달려들다 명순의 표정을 보고 애써 마음을 삭인다.

"명순 씨, 갈 거요 안 갈 거요."

이씨가 장씨와 명순을 번갈아 바라본다.

"가봤자 별 볼일 없당게."

장씨가 한 발짝 뒤로 물러선다.

"뭣들 헌대요."

멀리서 그들을 지켜보던 송씨가 다가선다.

"군산서 주꾸미축젠지 뭔지 헌다고 저 야단 아닌가."

원군을 만난 장씨가 한 발 물러나 전마선을 매어놓은 앵커 위에 쭈그리고 앉아 윗주머니에서 담배를 꺼낸다.

"차 동네에서 장사를 헐라면 조용조용혀야지."

장씨와 이씨의 관계를 알고 있는 송씨는 이씨에게 시비를 걸며 점퍼를 벗어 장씨에게 넘긴다. 점퍼 속의 송씨는 흰 러닝셔츠 바람이고, 물질을 오래 해서인지 마치 육체미 선수처럼 근육이 발달해 있다.

"그래서 칠라구."

기가 죽은 이씨가 물러서며 송씨를 위아래로 바라본다.

"뭐허는 거여. 이런다고 내가 호락호락헐 줄 알어."

명순이 송씨와 쭈그리고 앉아 있는 장씨를 번갈아 노려본다. 눈초리를 본 장씨는 쭈그리고 앉아 있던 자리에서 슬그머니 일어나 물길이 거센 안벽 쪽으로 걸어간다.

"어디 가는 거요."

윗옷을 벗은 송씨가 슬그머니 자리를 피하는 장씨를 바라본다. 장씨는 멋쩍은 듯 잔기침을 한 번 하고는 물길을 바라보며 안벽 끝에 쭈그려 앉는다.

"아따 성님도 그러니 그 모양 아니우."

송씨가 장씨 옆에 쭈그리고 앉는다.

송씨는 두 사람의 관계와 최근 들어 소원해진 틈을 타 이씨가 명순에게 접근한다는 것을 잘 알고 있다.

"내 참 오래 살다보니."

이씨가 두 사람을 바라보며 그렇게 말하고 차에 오른다. 차의 시동을 켜자 중고차 소리가 마치 골목 강아지 앙앙대듯 쇳소리를 낸다.

"명순 씨 내일 봅시다. 그리고 구경헐라면 연락혀요."

이씨가 차창으로 고개를 빼고 장씨와 송씨 쪽을 슬쩍 바라본다.

"알았으니께 어서 가드라고."

이씨의 차가 멀어지는 것을 바라보고 있던 명순이 두 사람이 쭈그리고 앉아 있는 쪽으로 눈길을 돌린다.

"숙자 어머니, 우리 성님 그래도 괜찮은 사람인디, 왜 그렇게 괄시를 허는 거요."

이씨의 차를 송곳처럼 쏘아보던 송씨가 명순을 바라본다.

"당신이 뭐 안다고 나서요."

그렇게 쏘아 붙이고는 돌아서 집 쪽으로 향한다.

"아니 뭣땜시 나헌테 그려요……."

송씨가 명순의 뒤에 대고 그렇게 볼멘소리를 했으나 못들은 척 빠른 걸음을 한다.

"내버려 둬."

장씨가 송씨의 팔을 끈다.

"성님은 숙자 어미 어디가 좋아서 그렇게 죽어 살어요. 얼굴이 잘 생겼소? 아니면 말을 고분고분 잘 들어요."

송씨가 신경질적으로 일어선다.

"그려도 나는 명순 씨가 좋아. 요즘 같아선 통 살맛이 없어. 담배 한대 피울랑가."

일어서는 송씨를 바라본다.

"아침부터 재수가 없으려니…… 성님, 어은집으로가 대포나 한잔 헙시다."

장씨를 일으킨다. 못이기는 척 일어서며 피우던 담배를 바닷물 속에 집어 던진다.

"자 옷이나 입어."

장씨는 들고 있던 윗옷을 건넨다. 몇 번 기분 나쁘다는 듯 옷을 털더니 옷을 입는다.

어은집으로 들어서자 손님은 아무도 없고 어은댁 혼자서 탁자에 쭈그리고 앉아 졸고 있다가 깜짝 놀란다.

"웬일이랴."

어은댁이 반갑게 맞이한다.

"사람이 이렇게 없어 어떻게 장사허것소."

"여그가 그 잘나가던 때의 어촌이간디."

어은댁이 장씨를 바라보며 빈정대듯 한다.

"그럼, 여그가 어디여 육지나 되는 거여."

송씨가 탁자 앞에 앉는다.

"술 퍼마시던 사내들은 다 떠나고……."

장씨의 불편한 얼굴을 본 어은댁이 말을 끊는다.

"씰디없는 말 집어 치우고 여그 대포나 한 주전자 퍼오쇼."

장씨가 씁쓸한 표정으로 주모에게 말한다.

"아따. 과수댁 하나 후려차지 못하는 주제에……."

"어은댁, 뭔 말을 그렇게 섭허게 헌대요."

장씨의 벌레 씹은 얼굴을 바라본다.

"여자를 그렇게 다루면 되는가."

어은댁이 주전자에 술을 퍼 담으며 마치 비방이 있는 것처럼 말한다.

"아니 그럼 어떻게 허면 되는 거여."

장씨가 어은댁을 바라본다.

"여편네들은 다 사내 품을 그리워허게 되어 있어……."

어은댁이 술잔을 내민다. 마치 고견을 들으려는 청강생처럼 고개를 쭉 빼고 있던 장씨가 어은댁의 술잔에 술을 따른다.

"어떻게 혀야 여."

장씨는 어은댁이 뜸을 들이자 어린아이 보채듯 의자를 당겨 앉는다.

"성님도 불쌍혀요. 그렇게 잘 아는 사람이 자기 팔자 하나 고치지 못혀 이렇게 선창가에서 술이나 팔것소. 다 쓸데없는 소리니 술이나 마시랑게요."

송씨가 보다 못해 그렇게 말하고 자기 술잔에 술을 따라 장씨에게 건넨다.

"허긴 그려."

의자를 당겨 앉아 어은댁의 메기 같은 입을 바라보던 장씨가 고쳐 앉으며 술잔을 든다.

"쯔쯔쯔 저러니 그 나이 되드락 그렇게 살지."

어은댁이 그 말끝에 술잔을 든다.

"근디 성님. 모를 일이 있당게."

송씨가 술을 마시고 있는 장씨를 바라본다.

"뭔디?"

술을 마시고 종발을 내려놓는다.

"그렇게 좋아지내다 왜 갑자기 그렇게 된 거여."

"말 말게. 다 내 잘못잉게."

"뭔 잘못을 혔는디……."

어은댁이 끼어든다.

"어은댁은 술이나 가져오쇼 잉."

장씨가 하마 눈을 끔벅이며 빈 주전자를 건넨다.

"성님이 이날 이때까지 대소사를 다 봐줬잖여."

"그렸지."

장씨가 서운한 표정을 하며 땅이 꺼져라 한숨을 내쉰다.

"아따 빨리 말혀 봐요."

술을 담은 주전자를 탁자에 내려놓으며 성질 급한 어은댁
이 다가온다.

"긴 겨울이 지루허기도 혀서 지지난달 초에 좀 빠르긴 하지

만 주꾸미소호를 바다에 집어넣어 보자고 안 그렸나."

천장을 바라보고 한숨을 몰아쉰다.

"누가."

송씨는 장씨의 허망한 표정을 바라본다.

"누군 누군여 명순 씨지."

"그려서."

"바다 한가운데로 가 주꾸미소호를 내려놓고 집으로 돌아
오려고 혔지. 명순 씨는 이제 모두 떠나버린 이곳을 떠날 때
가 됐다고 말하며 허망헌 표정으로 물에 떠 있는 부표를 바라
보고 있더라고. 배 키를 잡고 시동을 걸으려다 문득 죽은 마
누라가 생각난 거여."

장씨는 그렇게 말하고는 다시 술잔을 든다.

"아따 뜸 그만 들이고 어서 말혀봐요."

송씨가 다그쳐 말한다.

"그때도 만조 때였어. 소호를 다 집어넣고 명순 씨처럼 마
누라도 부표를 바라보고 있었지. 결혼 5년째였지만 아이가
들어서지 않어 아내는 늘 고민이 많었어. 허지만 자네도 알다
시피 우린 금슬이 좋았었네. 그때 마누라의 모습이 너무나 이
뻐 뵈데. 그래서 배 뒤로 가 마누라를 힘껏 껴안았는디 배가
기우뚱하며 뒤집혀 버린 거여. 그때는 만조에서 막 간조가 시

작되고 있었고, 물살이 빨라지고 있을 때였지. 갑자기 뒤집혀 허겁지겁 배를 잡았는디. 마누라가 보이지 않는 거여. 안개가 끼어 멀리는 볼 수 없었지만 이리저리 둘러보아도 근처에는 없었어. 늘 바다에서 살았지만 점점 무서운 생각이 들더라고. 이리저리 미친 듯 수영하며 마누라를 찾아보았지만 찾을 수 없었지. 정신없이 허우적대다 안 되겠다 싶어 배를 뒤집어 놓고 물을 빼 배를 탔지. 아무리 엔진의 시동을 걸어 보았지만 엔진에 물이 들어가 걸리지 않았어. 아무리 고함을 질러도 소용없었지."

어느새 장씨의 눈에는 눈물이 고여 있다. 송씨는 그런 장씨의 아픈 과거의 말을 더는 듣고 싶지 않아 빈 술잔에 술을 따라 마신다. 궁금해 하던 어은댁도 더는 말하지 않고 장씨의 슬픈 얼굴만 바라본다.

"해가 중천으로 올라오고 물이 다 빠져나갔지만 마누라는 없었어. 정말로 꿈이었으면 하고 하늘에 빌어도 봤었네. 악몽을 꾸었다고 생각하고 팔뚝을 물어뜯어 보았지만 꿈은 아니었네. 자네도 알다시피 들물을 이용혀 나 혼자 돌아온 거여. 지금도 그 생각을 허면 미칠 것 같네."

"성님. 술이나 한 잔혀요. 더 이상 못 듣것소."

송씨가 장씨의 비통한 얼굴을 더는 보기 싫은지 자기 술잔에 있는 술을 마시고 술을 따라 장씨에게 넘긴다.

"명순 씨가 여길 떠나자고 허는 말 때문인지 잃은 마누라 생각이 더 나더라고. 명순 씨도 그때 남편을 생각하고 있었는지 모르지. 나도 명순 씨를 따라 부표를 바라보고 있었네. 그러다 문득 부표를 바라보고 서 있는 명순 씨 모습이 마누라 모습허고 똑같다는 것을 발견혔네. 그때 나도 모르게 명순 씨를 앞에 두고 엉엉 울어 버렸네. 마누라 이름인 순이를 부르며 말여. 처음에는 말리드라고. 나는 명순 씨 말을 듣지 않았지. 그러다가 말리는 명순 씨가 미워지기까지 하더라고. 나중에는 마누라에 대한 죄책감과 마누라를 영영 생각하지 못하게 이곳을 떠나자고 한다는 짧은 생각에 명순 씨에게 욕까지 혔고."

"그 일 땜시 그렇게 된 거라면 명순 씨가 잘못헌거구만."

어은댁이 그렇게 말하고 술잔에 술을 따라 장씨에게 건넨다.

"그 작은 일 땜시 그런다면 정말 명순 씨가 잘못헌거여."

송씨가 술을 벌컥벌컥 마신다.

"나는 그때 홧김에 못 할 소리를 혔네."

장씨는 그 말을 해놓고 술을 벌컥벌컥 들이켠다.

"뭐라고 혔간디."

송씨가 궁금한 듯 다가앉는다.

"서방 잡아먹은 년이라고까지 혔어."

"뭐여."

장씨의 말이 끝나자 그때까지 불쌍하게 바라보고 있던 어은댁이 자리에서 일어서며 마치 자기에게 한 것처럼 화를 낸다.

"나 어촌계장 잘못 봤네."

어은댁이 분한지 씩씩거린다.

"내가 잘못 혔다고 혔잖여. 그렁게 지금 이렇게 후회허는 거고."

장씨가 마치 어은댁에게 잘못한 사람처럼 대한다.

"아니 성님. 어쩌자고 그 말꺼정 헌거여. 떠나는 것은 성님 허고 모든 것을 잊고 살자는 것인디. 그럼 명순 씨 만나면서 지금도 죽은 마누라 생각허는 거여."

"내가 죽일 놈이지. 그 말을 해놓고 나도 내 입을 의심혔당게."

장씨가 술잔의 술을 비운다.

"어은댁. 이런 땐 어떻게 혀야 헌댜."

송씨가 풀기 어려운 수학 문제를 다루듯 정중하게 어은댁을 바라본다.

"나도 모르것네."

어은댁은 곁눈질로 고개를 숙이고 있는 장씨를 노려본다.

"아따. 죽을죄를 진 사람처럼 저러고 있는디. 어은댁이 어떻게 좀 혀보드라고."

송씨가 어은댁과 장씨를 바라본다.

어은댁도 명순이처럼 뼈아픈 과거가 있어 그 마음을 알 것만 같았다. 명순도 그랬지만 어은댁도 남편을 앞바다에 잃었다.

"헐 말 안 헐 말 따로 있는디……."

어은댁은 혼잣말처럼 하고 술잔의 술을 벌컥벌컥 들이켠다.

어은댁은 이미 십수 년 전에 있었던 자신의 과거를 생각해 본다. 남편을 물에 잃고 첫 삼우제가 있던 날이었다. 남편의 묘에 다녀와 슬픔에 젖어 있을 때 시어머니가 울면서 가슴에 못 박는 소리를 했다.

"이, 서방 잡아먹은 년아 내 눈에서 없어져버려."

아무리 홧김에 한 소리지만 참을 수 없는 말이었다. 그때는 시어머니께 죄지은 사람처럼 말 한마디 못하고 울기만 했다. 어쩌면 명순도 누군가 한테서 그런 소리를 들었을지 모를 일이었다. 자신이 걸어온 길을 생각해 보았다. 얼마나 험한 꼴을 다보며 살았는가. 팔자를 고쳐보려고 생각도 했지만 딸린 자식이 불쌍해 생각을 접었다. 선창에서 억센 선원들의 술주정을 다 들어가며 살아온 날이 얼마인가. 어은댁은 한동안 생각에 잠겨 있다가 도리질을 한다.

"다 부질없는 일여. 다……."

어은댁은 다시 술잔을 비운다.

"뭔 말여."

생각에 잠겨 있는 어은댁을 바라보기만 하던 송씨가 어은댁의 눈치를 보며 슬그머니 말을 꺼낸다.

"오해니 뭐니 다 부질없다고."

술이 취하는지 비틀거리며 일어선다. 송씨는 그런 어은댁을 바라보며 어찌 해야 할지 몰라 한다.

"조심혀요."

송씨는 겨우 그 말을 하고 고래 같은 주모를 계속 주시한다. 술을 많이 마셔본 주모는 정신을 차리려고 냉장고 안에서 냉수가 든 병을 꺼내 병나발을 분다.

"비방을 알려 줄 테니 잘 들으랑게."

냉수를 마신 어은댁이 정신이 드는지 자리에 앉으며 고개를 숙이고 있는 장씨를 바라본다.

"뭔 말여."

장씨가 고개를 든다.

"마침 물때도 좋고 허니 낼 명순이가 쳐놓은 주꾸미소호 근처에 미리 나가 있다가 명순이가 오면 거기서 죽기 살기로 빌어봐. 사내 품에 안겨본 년잉게 십중팔구는 용서를 혀 줄거여."

그렇게 겨우 말하고 어은댁이 탁자에 고개를 꺾는다. 장씨는 그런 어은댁의 모습을 바라보며 어쩌면 명순이도 어은댁처럼 많은 아픔이 있었을 거라 생각한다.

"성님, 가만히 생각혀 본게 어은댁 말이 맞은 듯도 싶소. 과부 사정은 과부가 알거 아뇨."

한동안 생각해 보던 송씨가 고개를 탁자에 박고 있는 어은댁을 바라본다.

"그렇게 혀볼까."

어은댁의 말대로 명순이 쳐놓은 주꾸미소호 근처로 새벽같이 나가있으면 되는 일이라 어려울 것은 없으나 어떻게 사과해야 할지 그것이 문제였다. 또 완강한 태도를 보아 쉽게 용서해 줄지 확신이 서지 않았다.

"당연히 그렇게 혀야지. 속만 끓이고 있으면 되것소. 용감헌 사람이 여자를 차지헌다고 혔소."

송씨가 주전자에 남아 있는 술을 종발에 마저 따라 벌컥벌컥 마신다.

"인자 가요. 그려야 낼 일찍 일어날 거 아녀요."

송씨가 술을 마시고 장씨를 일으킨다.

"여그 어은댁은 어떻허고."

장씨가 탁자에 고개를 박고 잠을 자고 있는 어은댁을 바라본다.

"여그가 지 집인디. 뭔 일 있것소."

"아녀, 혼자 사는 여편넨디 우리가 잘 혀줘야지."

송씨의 손을 뿌리친 장씨가 어은댁에게 다가가 말한다.

"어은댁, 방에 들어가 자랑게."

어은댁은 끔쩍도 하지 않는다. 장씨가 고래 같은 어은댁을 몇 번 흔들었으나 소용없다.

"그냥 가장게."

지켜보던 송씨가 두 사람을 바라본다.

"과부 사정 홀아비가 안다고 그냥 놔두고 어떻게 가것는가."

장씨가 양팔 사이에 손을 넣어 일으켜 세운다. 고래 같은 몸집이다. 어은댁이 잠결에 주춤거리자 뱃살이 출렁거린다.

"방에 들어가 자랑게."

어은댁이 실눈을 뜬다.

"어디에 손을 대고 그려. 이거 놔."

어은댁이 그 와중에도 장씨의 손을 뿌리친다.

"거보랑게 명순 씨가 이걸 보면 더 안 좋아 허것소."

송씨가 어은댁의 모습을 물끄러미 바라본다.

"자자자. 방으로 들어 가드라고."

장씨가 어은댁의 등을 밀어 방 안으로 들여보낸다. 방 안으로 들어간 어은댁은 컴컴한 방 한가운데에 누워 버린다. 장씨는 어은댁이 눕자 방 안으로 들어가 장롱에서 이불을 꺼내 덮어주고는 밖으로 나온다.

"과부들헌티 지극정성이오."

"흔하디 흔한 사내 하나 없는 과분디 얼마나 힘들것나. 그렇다고 몸매가 괜찮나 얼굴이 곰살갑나. 어디 하나 사내들을 끌어들일 데가 있는가. 불쌍허잖여."

"알았소. 성님 낼 일찍 일어날라면 빨리 가야제."

밖으로 나온 둘은 동네 어귀에 있는 고목나무 아래에서 오줌을 싼다.

"그려도 성님은 아직까지 실혀요잉."

장씨의 오줌발을 송씨가 바라본다.

"그럼 내가 이 나이에 죽어버린 줄 아는가."

"어릴 적 이 나무에 늘 올라가 잘도 놀았는디……."

송씨가 허리춤을 올리며 아쉬운 듯 한숨을 내쉰다.

"자네 왜 그렇게 한숨을 크게 쉬는가?"

장씨가 큰 구렁이처럼 생긴 나무뿌리에 앉는다.

"성님, 어떻혀야것소."

한동안 어슴푸레 흰 물줄기가 보이는 포구 쪽을 내려 보던 송씨가 장씨 곁에 앉는다.

"떠날 사람 다 떠나니 어떻허것는가."

송씨의 생각을 알고 있어 윗주머니에서 담배를 꺼내 한 개비 건네고 라이터로 불을 켠다. 라이터불에 송씨의 슬픈 얼굴이 클로즈업되듯 나타났다 사라진다.

"나도 인자 결정혀야것어요."

담배연기를 길게 내뿜는다.

"어디로 떠날라고?"

포구를 씁쓸하게 내려 본다.

"어디로 가야 헐지 난감혀요."

송씨가 다시 한숨을 내쉰다.

"남아 있는 사람들이라도 뭉쳐서 살아야 허는디."

장씨는 사람들이 떠나고 어촌계가 유명무실해져 가는 것을 생각하며 한숨을 쉰다.

"아따 성님. 땅 꺼지것소."

"자네도 한숨을 쉈잖여."

"성님은 명순 씨가 있잖요. 명순 씨와 어디가면 못살것소."

"이 마당에 명순 씨가 받아 주것는가."

"어은댁이 시키는 대로 해보랑게요."

"알았네. 알었어."

장씨가 내일 일을 생각하며 하늘을 올려다본다. 코발트색 하늘 한복판에 북두칠성이 선명하다. 송씨는 어떤 생각을 하고 있는지 포구 쪽만 바라보며 담배연기를 뿜어댄다.

"선머슴아 같은 유씨 딸 경숙이는 어디서 뭐 허며 사는지 몰라."

장씨는 송씨가 고민에 빠져있자 유년 시절을 말한다.

"몰랐소. 어렸을 적은 그렇게 머슴아 짓을 혔는디. 지금은 교감 선생이 됐다는거……."

장씨를 바라본다.

"내가 왜 모르것나 그냥 말혀 본거지. 여자가 교감 선생꺼정 허는 걸 보면 대단혀."

장씨는 이웃에 살던 유씨의 딸을 생각해보다 하늘을 바라본다.

"성님도 참. 널 어떻게 혀야 헐지 명순 씨나 생각혀."

"우리 숙자도 그렇게 만들어야 쓸틴디……."

하늘의 별을 바라보던 장씨가 한숨을 내쉰다.

"우리 숙자라니."

없는 딸의 이름을 말하자 송씨가 바라본다.

"우리 숙자 모르는가."

"숙자? 명순 씨 딸 말요?"

"그려."

"그게 어찌 우리 숙자여. 명순 씨 숙자지."

"명순이 딸이 바로 내 딸이나 한 가지 아니것나."

그렇게 말한 장씨가 윗주머니에서 담배를 다시 꺼내 피워 문다.

"자네도 한 개비헐랑가."

"놔두슈."

장씨는 한숨과 함께 푸른빛의 담배연기를 연신 공중에 내뿜는다. 송씨는 장씨의 모습을 바라보며 두 사람을 어떤 방법으로든 다시 엮어줘야겠다 생각한다.

"성님. 낼 새벽엔 어떤 일이 있어도 가야 혀."

"내가 새벽잠이 많아 탈이기는 허지만 그렇게 허것네."

"잘못허면 그 차 동네 이씨놈헌티 빼앗기고 말지."

"쓸데없는 소리 말게."

이씨의 말을 들먹이자 화가 나는지 담뱃불을 땅바닥에 신경질적으로 비벼 끄고 일어선다.

"성님. 인자 들어 가드라고."

송씨는 집으로 들어가는 내내 새벽에 못 일어 날 수도 있다 생각하고 새벽에 일어나 깨워줘야겠다 생각한다.

장씨는 잠을 자면서 죽은 아내와 명순이의 꿈을 꾼다. 두 사람이 어떤 땐 같은 사람의 모습이었다가 다시 선명하게 두 사람이 바뀌곤 하였다.

3

장씨는 잠결에 문을 두드리는 소리가 있어 눈을 떴으나 어제 마신 술 때문인지 일어나지 못하고 그대로 누워 있다.

"성님. 일어났소."

송씨는 더욱 큰소리로 불렀다.

"이 새벽에 자네가 웬일인가."

컴컴한 방 안에서 겨우 기어가 문을 연다.

"빨리 준비혀야지."

어제의 일을 떠올린 장씨가 일어나 전등을 켠다. 어제 마신 술 때문인지 목에 보리이삭이 걸린 것 같이 껄끄럽다.

"성님 난 가요."

일어난 것을 확인한 송씨가 되돌아간다.

발짝 소리가 멀어지고 멀리서 은은하게 개 짖는 소리가 들린다. 눈을 비벼 눈곱을 떼어내고 시계를 올려다본다. 새벽세 시 오십 분이다. 만조시간이 다섯 시 삼 분이고, 그 시간까지는 아직 멀었지만 일찍 나가 기다리고 있어야 한다는 생각으로 옷을 챙겨 입는다.

부엌으로 나가 속이 쓰려 냉수를 한 잔 마시고 밖으로 나간다. 입춘이 지났지만 새벽 공기가 쌀쌀하다. 삼거리에 있는 고목나무 앞에 쭈그리고 앉아 동네를 바라보고 있을 때 멀리 망해사의 새벽 종소리가 들린다. 담배를 꺼내 피워 물고 어떤 말부터 꺼내야 할지 생각해 보았으나 마땅한 말이 떠오르지 않는다. 한동안 여러 궁리를 하다가 피우던 담배를 땅바닥에 비벼 끄고는 포구로 향한다. 포구 앞 선창에는 허름하게 판자로 지어진 어은집이 흉물처럼 보인다. 생각 같아선 어은댁을 깨워 해장술이라도 한잔 들이켜고 싶지만 명순을 생각해 생각을 접는다. 안벽을 지나가며 명순의 전마선을 한동안 바라보다가 자기의 전마선 앞에서 앵커에 묶어놓은 줄을 풀고 배에 뛰어오른다. 능숙하게 안벽을 발로 밀자 그 힘에 의해 전마선이 뒤로 미끄러진다. 엔진 줄을 힘차게 당겨 시동을 건다. 선외기 소리가 적막한 포구에 메아리친다. 찰푸닥거리던 잔잔한 파도가 요동치며 곁에 매어 둔 전마선을 흔든다. 능숙한 솜씨로 서서히 후진을 시키다가 크게 원을 그리고는 바다로 나아간다. 물살을 거슬러 나아가며 하구 한가운데로 가 어둑어둑한 바다에서 막 피어오르는 아침 안개를 바라보며 담배를 피워 문다. 명순을 보면 말해야겠다고 한 어제의 생각이 떠오르지 않고 초조하기만 하다. 얼마간 담배를 피우고 있을 때 포구의 긴 윤곽이 보이는 듯 하더니 동녘이 시나브로 밝아온다. 명순이 늘 주꾸미소호를 담가두었던 장소로 서서히 배를 몰아 부표 앞에 도착한다. 부표 앞에 배를 멈추고 배가 움직이지 않게 키를 잡은 다음 뱃바닥에 앉는다. 가끔씩 넉넉하게 차오른 만조 위에 흰 갈매기 같은 부표를 확인한다.

　명순은 물때에 맞춰 바다로 향한다. 언제나 그랬지만 배를 몰고 바다로 향할 때의 기분은 묘하다. 오늘은 많이 잡힐 거라고 기대를 하다가도 많이 잡히면 뭐하냐는 생각으로 변하곤 한다. 물안개를 헤치고 나아가면서 늘 죽은 남편을 생각한다. 죽은 남편은 근해에서 고기를 잡아 팔아서는 늘 이 모양이 꼴로 살 거라며 극구 말리던 자신을 뒤로 하고 먼 바다로 향했다. 첫 번째로 나갔던 그 항해에서 남편은 영영 소식이 끊어 졌고, 남편을 찾아 나선 동네 사람들에 의해 뒤집힌 배만 발견되었다. 그렇게 산 지가 벌써 이십여 년이 흘러갔고, 한 살이던 딸이 어느덧 커 고등학교 삼학년이 되었다. 빠른 세월이라고 생각하며 자기가 내려놓았던 부표 쪽을 바라본다. 안개 때문에 아무것도 보이지 않았지만 부표가 있는 곳을 직감적으로 느낄 수 있다. 천천히 부표를 찾던 명순은 깜짝 놀라며 배를 세운다. 부표가 있는 곳에 낯선 배 한 척이 떠 있지 않은가. 순간적으로 도둑이라 생각하니 머리가 서는 느낌을 받는다. 엔진을 멈춘 배가 제 속력으로 서서히 그쪽 배로 다가간다. 할 수 없다 생각하고 키를 움켜쥔다. 안갯속에서 배에 탄 사람의 윤곽이 나타난다.

"누구요."

날을 세워 말했지만 말끝은 떨린다.

"나여. 나."

명순이 다가오자 장씨가 명순 쪽을 바라본다.

"거그서 뭐 한당가."

명순이 놀란 가슴을 쓸어내린다.

"기다렸당게."

배가 자꾸만 장씨 앞으로 미끄러져 다가간다.

"그땐 정말 잘못혔어. 무릎 꿇고 빌라면 빌것잉게. 용서혀줘."

배가 장씨의 배에 닿자 장씨가 명순을 애원하듯 바라본다.

"여그꺼정 와서 뭐 허는 거여."

말을 누그려 뜨린다.

"명순 씨가 용서해주지 않으면 이 물에 빠져 죽을 것잉게 어떻헐거여."

말을 누그려 뜨리자 이때다 싶어 뛰어들 듯한 자세를 취한다.

"……."

장씨가 어떻게 하나 한동안 바라본다.

"용서를 혀줄거여 안 헐거여."

물속으로 뛰어들려고 발을 내민다.

"어떡헐라고."

"어쩔거여."

"알았으니 참으라고."

명순의 말이 끝나자 이제 됐다 싶었는지 명순이 타고 있던 배로 훌쩍 뛰어 넘는다.

"여그서 안 된당게."

장씨가 명순을 가슴에 안자 밀어낸다.

"배 뒤집혀."

배가 요동치자 명순을 더욱 힘 있게 끌어안는다.

못 이기는 척 배가 요동칠 때마다 장씨의 넓은 등을 꼭 붙잡는다. 명순을 배 바닥에 눕힌다.

"여그서는 안 된당게."

명순의 말이 자꾸만 작은 모기 소리로 변하고 장씨는 명순 위에 올라가 불어오는 바닷바람을 막아준다.

"명순 씨가 없으니 죽은 목숨 같았당게. 인자 같이 삽시다."

명순의 위에서 황홀한 표정을 한다.

"숙자는 시집보내야지……."

겨우 그 말을 하고는 장씨의 믿음직한 가슴으로 얼굴을 묻는다.

"명순 씨가 늘 말했던 대로 숙자를 유씨 집안 딸처럼 선생님으로 만들자고. 그리고 유씨 집안 경숙이보다 높은 교장도 만들고 말여. 뒷일은 내가 다 혀줄 것이니."

"고맙기는 혀지만……."

"물이 빠지기 전에 주꾸미를 꺼내야지."

한동안 만족에 젖어 있던 명순이 장씨를 밀어낸다.

주꾸미소호를 들어 올리자 소호 안에는 주꾸미가 가득히 들어있다. 장씨는 물속에서 주꾸미소호를 자꾸만 걷어 올리고, 명순은 소호 속에 있는 주꾸미를 갈고리로 꺼낸다. 둘은 마치 손발이 잘 맞는 부부 같다.

주꾸미소호를 다시 바닷물에 던져 넣고 자기의 배 꽁무니에 명순의 배를 매달고 포구로 향한다. 능숙하게 항해해 가는 장씨의 넓은 등을 바라보며 흐뭇한 표정을 한다.

표구에 도착하자 안벽 끝까지 나온 송씨가 함박웃음을 지으며 손을 흔든다. 포구에 나와 명순을 기다리던 이씨는 영문을 몰라하며 장씨와 명순을 번갈아 바라본다.

"오늘은 주꾸미 많이 잡았네요잉."

장씨가 안벽에 주꾸미 통을 올려놓자 이씨가 다가선다.

"오늘부턴 나도 우리 어촌계에 넘기것소. 돈은 약허지만 한 동네에 살면서 어쩌것소. 이씨가 이해혀 주소."

더듬거리며 말하자 이씨는 얼굴이 벌겋게 달아오르며 말없이 차가 있는 쪽으로 향한다. 장씨와 송씨가 그 모습을 바라보며 통쾌해 한다. 이씨의 차가 검은 매연을 장씨와 송씨 앞에 품어 놓고는 쏜살같이 사라진다.

명순을 먼저 집으로 돌려보낸 장씨와 송씨가 나란히 어은 집으로 들어서자 청소를 하던 어은댁이 장씨와 송씨를 번갈아 바라본다.

"잘 됐는 갑네."

어은댁도 두 사람의 환한 얼굴을 바라보며 미소를 보낸다.

"오늘은 여그 있는 술 모두 퍼 마실틴게 술 가져 오랑게."

장씨가 호기 좋게 탁자 앞에 앉는다.

"어제는 금방 죽을상이더만."

어은댁의 손이 분주하게 움직인다.

"어은댁도 여그 앉으랑게."

술 주전자를 탁자 위에 내려놓자 장씨가 어은댁을 바라본다.

"이거이 다 어은댁의 공여."

머뭇거리자 장씨가 바작 같은 손으로 어은댁의 손을 덥석 잡는다.

"내가 뭔 헌 일이 있다고."

어은댁이 못이기는 척 장씨의 손을 뿌리치며 자리에 앉는다.

"인자 이 장사도 그만 혀야것소."

어은댁이 찰푸닥거리는 포구를 바라본다.

"왜요?"

송씨가 어은댁의 표정을 살핀다.

"사람들도 다 떠났고, 장사도 안 되고."

어은댁이 고개를 숙이고 있는 장씨를 슬쩍 바라본다.

"여길 떠나면 어디서 살라고 그려요."

송씨가 생각을 접으라는 투로 장씨를 바라본다.

"미안하네. 내 대에 와서 우리 삼일어촌계가 이렇게 되었으니."

장씨가 앞에 놓인 술잔을 들어 벌컥벌컥 마신다.

"그게 어떻게 성님 잘못이요."

창문을 통해 포구를 바라보고 있는 장씨에게 위로하듯 말한다.

"여그에 남아 있는 사람끼리라도 똘똘 뭉쳐야 될 판인디……."

장씨는 푸념을 하고 술잔을 든다.

"성님도 성님이유."

송씨가 술을 들이켠다.

"어촌계장님. 갯벌에서 뭐가 나와야 뭉치든 어떻허든 헐 거 아뇨."

어은댁이 장씨를 바라본다.

"우리가 왜 이렇게 됐는지 모르것당게."

장씨가 다시 술잔을 비운다.

"아따 성님, 오늘같이 좋은 날 이런 말을 혀가며 기분 잡치게 헐거요. 어은댁. 어서 술잔을 비우쇼.

"자 술잔을 듭시다."

송씨가 술잔에 술을 가득 부어 잔을 들어 올린다. 장씨는 송씨가 권하는 술을 들어 마시긴 했지만 명순과의 관계가 예전처럼 되었다는 기쁨보다 포구가 희망을 잃어간다는 것이

더욱 안타깝다.

4

장씨가 키를 잡은 명순의 전마선이 서서히 포구로 미끄러져 들어오자 이씨가 반갑게 맞이한다. 장씨가 이씨에게 줄을 던지자 이씨는 줄을 잡고 앵커에 건다.

"둘이 이렇게 나란히 들어오니 보기 좋아요 잉."

이씨는 기분 나쁜 표정을 감춘다.

"왜 또 왔소?"

장씨가 주꾸미 그릇을 안벽 위로 올린다.

"아따 손님헌티 이렇게 박대허면 쓰것소. 그것도 어촌계장이."

이씨는 장씨가 올려놓은 주꾸미통을 바라본다.

"잘들 지내랑게. 남들이 보면 뭐라허것소."

명순이 장씨 뒤에서 이씨를 바라본다.

"오늘은 주꾸미 땜시 여그 온 것이 아니랑게."

이씨가 안벽 위로 올라오는 장씨와 명순을 번갈라 바라본다.

"어촌계장님허고 공쩍으로 야그 좀 헐라고 왔소."

"공쩍요?"

"그려요. 공쩍으로."

"그럽시다."

장씨는 그렇게 대답을 해놓고 명순을 전마선에서 끌어올린다.

"뭔 야그를 헐라고 그런댜."

명순이 주꾸미 그릇을 들고 어판장 쪽으로 향한다.

"어촌계장, 우리 대포나 한 잔 허면서 야그헙시다."

이씨가 장씨를 끌다시피 하여 어은집으로 향한다.

"뭔 헐 말이 그렇게 많칸디. 어은집꺼정 간댜"

"아따. 그럼 우리 원수처럼 계속 살거요."

"그런건 아니지만."

어은집으로 들어서자 언제부터 와 있었는지 송씨가 벌써 취해 있다.

"해장술에 취헌다더니. 웬일인가."

장씨가 이미 취해 있는 송씨를 바라본다.

"성님. 오늘 주꾸미는 어뗘요."

눈이 반쯤 감긴 송씨가 두 사람을 바라본다.

"몇 마리 없어."

장씨가 송씨 앞에 앉는다.

"성님. 나 이 사람허고 친구허기로 혔어."

송씨 옆에 이씨가 앉자 송씨가 이씨의 등을 친다.

"친구?"

"나이도 나허고 같고. 성님헌티 미안허다 안그려요. 그려서 그려자 그렸지요."

송씨는 그 말을 끝으로 다시 술잔을 든다.

"그려. 먼말을 헐라고?"

장씨는 불쾌한 표정으로 이씨를 바라본다.

"아따 인상 좀 피고 야그 헙시다."

이씨가 억지로 미소를 띤다.

"당신허고 긴말 허기 싫으니 요점만 말혀봐."

"성님, 이 사람 야그도 들어 보랑게."

술 취한 목소리로 두 사람을 바라본다.

"그려. 뭔 말여."

"단도직입적으로 말혀서 나도 좀 먹고 삽시다."

이씨가 술 한 잔을 단숨에 비운다.

"이 사람아 우리가 자네 사업허는디 방해라도 헌 적 있는가."

이씨가 그렇게 나오자 장씨가 마음을 누그러뜨린다.

"서로 조차는 거 아니오."

이씨가 술을 따라 장씨 앞에 내려놓는다.

"이거 참."

장씨가 술잔을 들고 이씨를 바라보며 씁쓸하게 미소를 보낸다.

"어서 들고 나도 한잔 주슈."

장씨가 마음을 여는 듯 하자 이씨가 다가간다.

"그려요 성님, 우리도 어떻게 될지 모르는 판인디 서로 도우며 살어 야지요."

송씨가 장씨와 이씨 사이에 긴장이 풀어지자 끼어든다.

"자 한잔 받소."

장씨가 술잔을 비우고 이씨에게 건넨다.

"어촌계장님도 얼마지 않아 이곳을 떠나야 헐거 아니우."

이씨가 술잔을 받으며 말한다.

"난 이곳을 떠날 수 없는 사람이네. 여그서 뼈를 묻을 작정이여."

장씨가 이씨에게 술을 따르고 창밖으로 눈을 돌린다. 창밖 하구에는 어느새 물이 빠져 연회색 갯벌이 햇빛을 받아 반짝거린다.

"야그허다 말고 뭘 그렇게 봅니까."

이씨가 장씨가 바라보고 있는 갯벌을 보며 말한다.

"성님, 이 사람 말도 일리가 있소 잉."

마지막 비상구

"어떤 말이 일리가 있는가?"

송씨를 야속한 눈초리로 바라본다.

"우리가 이곳을 떠나는 거 말요."

장씨의 눈초리를 애써 피하며 그 말을 하고는 다시 술잔을 든다.

"이 사람아. 내가 누차 말혔지만 난 이곳을 떠나지 않을 거여."

장씨는 다시 갯벌로 눈을 돌린다.

"그럼 갯벌이 윤기를 잃고 저렇게 썩어 가는디 여그서 살거라 그 말여."

송씨는 장씨가 바라보고 있는 갯벌을 바라보며 말한다.

"그려도 난 여그서 못떠나."

장씨는 아랫입술을 지긋이 깨물고는 다시 술잔을 든다.

"어촌계장 왜 안 떠나려고 그려. 야그나 들어 보장게."

이야기를 듣기만 하던 어은댁이 끼어든다.

"여그를 어떻게 떠나것는가. 마누라 시신을 건지지도 못혔고. 배운 것이 도둑질이라고 어디서 무엇을 허면서 살것는가."

장씨가 그 말을 해놓고 괴로운 표정으로 창밖을 바라본다. 눈가에 이슬이 반짝이는 것을 본 어은댁은 더는 말하지 않고 술잔에 술을 가득 부어 장씨에게 넘긴다.

"성님, 인자 잊어 버리장게."

"알었네."

마른침을 한 차례 삼킨 장씨가 다시 술잔을 든다. 이씨는 더 이상 한마디도 하지 못하고 장씨와 송씨가 따라주는 술만 넙죽넙죽 받아 마신다.

"어촌계장, 이씨가 헐 말이 있는가본디."

서먹하게 술잔만 오가자 어은댁이 조용히 말한다.

"이씨, 헐 말 허랑게."

"단도직입적으로 말혀서 어촌계로 들어오는 주꾸미를 전부 나헌티 넘기면 어떻것소?"

이씨는 그 말을 하고는 장씨 앞으로 의자를 바짝 당겨 앉는다.

"이씨헌티?"

장씨가 눈을 크게 뜨며 바라본다.

"그렇소."

이씨는 장씨의 표정을 살핀다.

"수협이서 생난리를 칠턴디?"

장씨가 궁색한 표정을 하며 생각에 잠긴다.

"성님, 우리가 뭔 수협이 필요허것소. 이미 수협에서도 우리 어촌계는 어촌계로 취급도 하지 않는 판에."

송씨가 끼어든다.

"뭔 소리를 그렇게 헌당가 나는 그렇게 배신허는 사람이 아녀."

장씨가 송씨를 나무라듯 말한다.

"뭔 말여. 우리 어촌계를 어촌계 취급을 허지 않은 것이 오래됐는디."

어은댁이 나서 말을 거든다.

"뭔 근거로 그렇게 심헌 말을 헌당가."

장씨가 다소 화난 표정으로 주위를 바라본다.

"내가 헐 말은 아니지만 이번 3월 1일에 군산내항에서 허는 주꾸미축제에 초대는 받았는가 모르것소."

이씨가 장씨의 표정을 봐가며 조심스럽게 말한다.

"어촌계를 뭐 하러 초대헌댜……."

장씨가 말꼬리를 흐리며 술잔을 들자 세 사람이 합의를 한 사람들 처럼 장씨의 술 넘기는 모습을 바라본다.

"단가는 어떻게 혀줄라고."

현실을 받아들이는지 조용하게 바라본다.

"십 프로를 주것소. 어뗘?"

장씨의 말을 미리 생각하고 있었는지 말이 떨어지기가 무섭게 말한다.

"십오 프로는 줘야 혀."

장씨가 이씨의 눈을 피하려고 눈을 감아 버린다.

"아니. 수협으로 넘길 때도 십 프로 아니우."

이씨가 야속하다는 표정을 하자 송씨와 어은댁은 장씨의 태도를 보며 침을 삼킨다.

"아따 적당헌 선여서 합의 허드라고."

장씨가 눈을 감고 뜨지 않자 어은댁이 나선다.

"십오 프로는 너무혀쟎요."

이씨가 눈을 감고 뜨지 않는 장씨에게 불만 섞인 말을 한다.

"수협으로 넘기지 않을 바에는 동네 사람들에게 말헐 빌미는 줘야 잖여."

송씨가 보다 못해 말한다.

"좋소. 십이 프로로 헙시다."

이씨가 눈을 감고 있는 장씨를 바라보다 못 참겠는지 장씨를 바라본다.

"그렇게 혀요. 성님."

송씨가 거든다.

"그럼 그렇게 허는 거여. 우린 뒷말 허는 사람은 제일 싫어

허니께."

그때서야 눈을 뜬 장씨가 주위를 살핀다.

"나는 한 번 약속헌 것은 대가리가 깨져도 지키는 놈여."

이씨가 그렇게 말하고 술잔을 든다.

이씨는 이씨대로 속셈이 있었다. 갯벌이 죽었다고는 하지만 아직 생합이나 맛 그리고 바지락으로 얼마간 장사를 할 수 있고, 또 명순과 다시 가까워질 수 있는 계기를 만들어 보자는 심산이었다.

이씨는 술을 들이켜고 햇빛에 번들거리는 갯벌로 눈을 돌린다. 갯벌 먼 곳에서 조개를 캐는 아낙들이 마치 논을 가는 소처럼 긴 가래를 끌고 다닌다.

"뭐 허는가."

갯벌을 바라보고 있는 이씨에게 장씨가 술잔을 건넨다.

"오늘 잡은 주꾸미부터 그렇게 헙시다."

술잔을 비운 이씨가 장씨를 바라본다.

"그렇게 혀요. 성님."

송씨가 이씨의 말을 거든다.

"좋아. 그렇게 헙시다."

장씨는 그 말을 하고는 일어선다.

"나 판장 좀 댕겨올팅게 기다리쇼."

장씨가 그 말을 하고는 어판장 쪽으로 향한다.

"거보라고 우리 성님이 무뚝뚝허게 생기긴 혔어도 한 번 결정헌 것은 꼭 지키는 성미라니께."

송씨가 어판장 쪽으로 빠른 걸음을 하는 장씨를 바라본다.

"송씨, 오늘 정말 고맙소."

이씨가 송씨에게 술을 따른다.

"이씨는 좋겠소 이."

어은댁이 이씨에게 술잔을 건넨다.

"요즘 생합은 어뗘요."

이씨가 어은댁의 술잔을 받으며 말한다.

"이씨가 생합도 혀볼라고?"

"그런건 아니지만……."

말꼬리를 감춘다.

"허긴 이씨같은 장사치가 주꾸미만 보고 그렸쓰까? 어촌계장헌티 말 잘 혀보쇼. 요즘엔 예년 같지는 않지만……."

"어은댁, 쓸데없는 소리 그만허고 술이나 줘."

송씨가 말을 끊고 술잔을 어은댁에게 내민다.

"말혀놨응게 상차허드라고."

장씨가 어은집으로 들어오며 말한다.

"고맙소. 이렇게 빨리 될 줄은 몰랐소 이."

마지막 비상구

얼굴 가득 미소를 머금은 이씨가 일어선다.

5

어판장에서 일을 마친 장씨와 송씨는 어은집으로 다시 향한다.

"수협 김 계장이 벌레 씹은 모습을 허등만."

송씨가 탁자 앞에 앉으며 말한다.

"지가 그려봤자 뭐 허것어. 주꾸미축제를 주최허면서 우리를 부르지도 않고 다른 어촌계는 다하는 좌판의 자리도 우리만 쏙 빼놓고……."

장씨는 얼굴빛을 붉힌다.

"허긴 그려요."

"어은댁, 뭐허는가. 술 가져오지 않고."

송씨가 안주를 준비하는 어은댁을 바라본다.

"술이 질리지도 않소. 해장술허고 또 술을 허게."

어은댁이 빈말을 한다.

"아따, 술을 팔아줘도 저 모양이우 이."

송씨가 어은댁의 부지런한 손놀림을 보고 입맛을 다신다.

"어촌계장은 근심거리라도 있소?"

근심어린 표정으로 창 너머 바다를 바라보고 있는 장씨를 바라본다.

"아 아니오."

장씨가 어은댁으로부터 술 주전자를 받는다.

"성님, 뭔 근심거리가 그리도 많어요. 명순 씨 일도 순리대로 잘 끝났고. 이씨 일도 그런대로 잘 끝난 것 아니오."

송씨가 장씨의 술잔을 받는다.

"그럴 일이 있당게."

"성님허고 나 허고 못 헐 말이 어디있소."

송씨가 장씨의 종발에 술잔을 따른다.

"술이나 한잔허세."

장씨가 허허로운 표정을 한다.

송씨는 말하지 않고 있는 장씨의 고민을 알고 있었다.

"성님, 나는 이 봄만 지나면 떠날거요."

술을 길게 들이켠 송씨가 술잔을 내려놓는다.

"결정을 혔는가?"

갑자기 쓸쓸한 표정으로 창밖을 내다보는 송씨를 바라본다.

"일단은 도회지로 나가야지요."

송씨는 계속해서 창밖을 응시하고 있다.

"도회지면 어딘데?"

"군산으로 가서 막일이라도 혀야지요."

"그려 잘 생각혔어."

어은댁이 송씨의 슬픈 감정을 어루만지듯 말한다.

"예전 같으면 배라도 타라고 권하고 싶네만 요즘은 그마저 시원찮네."

장씨가 송씨에게 술잔을 권한다.

"어은댁은 언제 떠나나?"

장씨가 어은댁을 바라본다.

"나도 이 봄만 끝나면 가야지."

어은댁이 한숨을 몰아쉰다.

"어디로."

"딸년이 서울로 올라오라네."

"서울로?"

듣고만 있던 송씨가 어은댁을 바라본다.

"그려, 서울로. 인자 이 일 그만 하라고 생난리네."

"어은댁은 좋겠소 이."

송씨가 부러운 눈으로 어은댁을 바라본다.

"나도 떠나긴 떠나야 되는디……."

장씨가 한숨을 몰아쉰다.

"성님 땅 꺼지것소. 명순 씨랑 훨훨 떠나 살먼 되지 무엇이 걱정이오."

"그것이 아니네."

"뭔 다른 일이 있당가?"

어은댁이 장씨 앞으로 다가앉는다.

"명순 씨가 떠나자고 저 난린디. 떠나고 싶지 않것는가. 허지만 명색이 어촌계장인디 내가 먼저 떠난다고 허면 사람들이 뭐라 허것는가. 그리고 솔직히 죽은 마누라와 영영 헤어지는 것 같아 허망혀서."

장씨는 그 말을 해놓고 술잔을 든다.

"어촌계장, 다른 말은 다 어촌계장의 말이 옳아. 허지만 마누라 이야기는 허지 말게. 명순 씨는 지 서방 생각 안나것나 다 잊어버리고 한 살림 차려 살면 되는 거여 나처럼 되지 말고."

어은댁이 그 말을 하고는 술잔을 든다. 장씨는 마치 서러움을 마시듯 술을 꿀꺽꿀꺽 들이켜는 모습을 바라보며 한스런 삶을 생각해 본다. 일찍이 서방을 물에 잃고 딸린 자식들 잘 키워 보겠다는 일념으로 거친 선원들을 상대로 선술집을 하는 어은댁이다. 도회지의 색시집은 아니어도 술 취한 선원들의 구역질나는 비위를 다 맞춰가며 험한 세상을 산 덕에 딸 셋을 고등학교까지 가르쳤고 다 출가시켜 오늘에 이르고 있다. 근래 들어서는 딸들이 효녀들이라 철따라 어머니께 좋은 옷을 사보내고 보약을 지어 보낸다고 자랑이다. 하지만 그런 어은댁의 얼굴에도 요즘 들어서는 슬픈 표정이다.

"성님. 어은댁 말이 맞어요. 인자 형수님 일이랑 다 잊어버리고 명순 씨와 재미나게 오순도순 살어요."

"그게 그렇게 쉽게 되것는가."

답답한 듯 윗주머니에서 담배를 꺼내 피워 문다.

"어촌계장, 그렇게 못 잊으며 뭐 허러 숙자 어미를 만나는 거여."

어은댁이 담배연기를 천장으로 뿜어대는 장씨를 바라본다.

"여길 떠난다는 거이 쉬운 일이오. 조상 대대로 살어 온 터전인디."

마지못해 그렇게 대답하고는 창밖을 바라본다.

"허지만 인자 결정을 내려야 헐 단계 아닌게벼."

어은댁이 술잔을 들어 장씨에게 건넨다.

"성님, 답답허네 밖으로 나가 바닷바람이나 맞읍시다."

송씨가 보다 못해 일어선다.

"사람도 없는디 어은댁도 일어서지."

장씨가 일어나며 어은댁을 바라본다.

"그려 인자 바다 볼 날도 얼마 안남았는디."

송씨의 뒤를 장씨와 어은댁이 따라 나선다.

"담배 한 개비 헐랑가."

장씨가 송씨에게 담배를 권한다.

"나도 줘."

어은댁이 손을 내민다.

"여자가 뭔 담배여."

그렇게 말하며 담배 한 개비를 건넨다.

안벽 끝에 나란히 앉은 세 사람은 서쪽 하늘을 바라보며 담배연기를 뿜는다. 붉은 해가 떨어지는 개펄은 온통 황금빛으로 물들어 있다.

"어은댁은 이 드넓은 갯벌이 없어진다고 생각해 보았는가?"

장씨가 말한다.

"나는 시방도 뭐가 뭔지 모르것당게."

어은댁은 끝없는 갯벌을 바라본다.

"허지만 갯벌이 죽어가는 것은 사실아녀."

송씨가 손으로 갯벌을 가리킨다.

"그건 사실이지만. 저 넓은 바다에 무슨 수로 흙을 다 채운단 말여."

"어은댁도 무지혀요. 뒤를 돌아보랑게. 저 산들을 다 까뭉

마지막 비상구

개버리면 되는거 아녀."

장씨가 황혼에 물든 산을 가리킨다.

"저 산을 무슨 재주로……."

어은댁은 그렇게 말하면서도 바다 한가운데를 막는 것을
생각하며 말꼬리를 흐린다.

해가 바다 밑으로 떨어지자 시나브로 어둠이 찾아들면서
싸늘한 기운이 몰려온다.

"인자 가보아야것네."

장씨가 일어서자 어은댁과 송씨도 따라 일어선다. 어은댁
을 돌려보낸 장씨와 송씨는 고목나무 아래에 앉아 이미 어두
워진 포구를 내려다본다.

"성님, 명순 씨 집에 가봐야 허는 거 아뇨."

"명순 씨와 화해는 혔지만 만나면 떠나자고 헐틴디 그거이
문제네."

"성님도…… 떠나면 될 거 아뇨."

송씨의 말에 한동안 대답을 하지 않은 장씨가 담배를 꺼내
피워 문다.

"성님 생각 다 알지만 명순 씨와 타협혀서 떠나요."

장씨가 담배 한 개비를 다 태울 때까지 말을 하지 않자 송
씨가 마지못해 말한다.

"알었네. 인자 들어가세."

자리에서 일어나자 송씨도 따라 일어선다.

명순의 집으로 가는 갈림길에 서서 망설이던 장씨는 누구
도 반겨줄 사람이 없는 텅 빈 집으로 가기가 싫었지만 명순이
에게 대답할 몇 가지의 일을 생각해 볼 심산으로 집으로 향한
다. 대문을 열고 마당으로 들어서자 방에 불이 켜져 있는 것
을 보고 깜짝 놀란다.

"누구요?"

마당에 서서 조심스럽게 말한다.

"해전부터 기다리고 있었는디. 왜 인자 온댜."

방문을 열고 나오는 것은 명순이다.

"명순 씨가 웬일이여."

"내가 못올디 왔소."

"그런건 아니지만."

마당에 멍청히 서 있다 방 안으로 들어선다.

그동안 명순과의 문제 때문에 방도 치우지 않고 뱀 허물 벗
듯 이불을 빠져나오곤 했는데 방 안이 깨끗이 치워져 있다.

"뭔 일여. 이곳꺼정."

"헐 말도 있고 혀서. 자 앉드라고."

엉거주춤 서 있자 명순이 방바닥에 앉는다.

"뭔 헐말?"

명순이의 할 말을 상상하며 바라본다.

"먼저 우리 어떻헐거여. 이 동네에서 우리 둘 사이를 알만헌 사람들은 다 알고 있는디."

"먼말을 듣고 싶당가."

말문이 막히자 명순의 얼굴을 바라본다.

"그게 우리 둘 사이 가장 중요헌 문제 아녀?"

"그럼 어떻게 혀야 여?"

"곰곰히 생각혀 본게 이대로 이렇게 있다가는 동네 챙피혀서 못살것소. 얼마 남지 않은 사람들 앞에서 둘이 같이 살겠노라고 말혀야 쓰것어."

"그게 그렇게 중요헌 일인가."

"생각혀 봐. 혼자 사는 여편네라고 이놈 저놈 보는 눈이 음탕헌 것 같고……."

그 말을 하고는 고개를 숙인다.

"아따 그런 것 같고 그렇게 고민혀고 그려. 낼부터 알립시다. 물 한 그릇 떠놓고 서로 절을 허면 되는 거 아녀."

"그렇기는 혀지만 준비는 혀야지. 명색이 어촌계장인디 걸지게 남아 있는 사람들헌티 술 한 잔은 내야 헐 거 아녀."

고개를 숙였던 명순이 장씨의 당당한 말에 믿음이 가는지 얼굴을 바라본다.

"걱정 말어. 이달을 넘기지 말고 혀버립시다."

명순을 끌어안는다. 장씨의 넓은 가슴팍에 안겨 마치 젊은 처녀처럼 수줍어한다.

"삼월 일일로 혀. 삼일절이기도 허고 우리 어촌계의 이름도 삼일어촌계고, 쉬는 날이기도 허고……."

명순은 그 말을 하고는 장씨의 힘에 못이기는 척 자리에 눕는다.

다음날 장씨는 명순과 재혼을 하게 된 일을 먼저 송씨에게 말하고 결혼식은 텅 비어 있는 어판장에서 할 거라 말한다.

"성님, 갑자가 먼 결혼식까지 헌다고 그려요. 그냥 살먼 되는 거지."

송씨의 일성이다.

"나도 그렸으면 생각혔는디, 명순 씨 말을 듣다보니 그 말도 일리가 있더라고."

장씨는 송씨에게 멋쩍은 표정으로 술을 따른다.

"그거는 숙자 어미 말이 백 번 올탕게."

어은댁이 끼어든다.

"여그를 떠난다는 거는 어떻게 해결됐간디."

송씨가 말한다.

"결혼식을 올린다는 대가로 여그에서 맨 마지막까지 남는다고 혔지."

"그런다고 허든가."

어은댁이 고개를 길게 늘여 빼며 바라본다.

"그럼 어떻허것어. 서방이 그런다고 허는디."

송씨가 미소를 머금고 술잔을 든다.

"그런건 아니고 양보헌거지 양보."

명순을 옹호하고 나선다.

"아따 성님, 벌써부터 명순 씨를 끼고 도는가? 섭혀요 이."

"이 사람아, 그게 아니네……."

얼굴을 붉힌다.

"그럼 인자 살을 비비고 살 처지인디."

어은댁이 무안해 하는 장씨를 흘겨본다.

"아까 이씨헌티 성님 장가간다고 말혔더니 얼굴색이 변허등만."

그 말을 한 송씨가 장씨의 모습을 흘긴다.

"어이, 인자 이씨 놈 말은 허지 말드라고 괜히 성질이 난다니께."

그 말을 하고 술잔을 들이켠다.

"알았쇼. 그렇다는 야그 아니요."

장씨와 송씨는 모처럼 기분 좋게 술을 마신다.

6

마을에 남아 있는 사람들이 텅 빈 어판장으로 몰려들어 어판장은 예전의 모습처럼 활기를 폈다. 송씨의 사회로 시작된 장씨와 명순의 결혼식은 순조롭게 진행되었고 주례는 송씨 부인이 다닌다는 마을에서 조금 떨어져 있는 교회의 목사가 하였다.

"성님. 그리고 명순 씨 축하혀요."

송씨가 결혼식이 끝나자 사회석에서 내려와 바작같은 손을 내민다.

"고맙네. 그런디 이씨는 왜 안 뵈는가?"

장씨가 사람들 사이를 둘러본다.

"성님과 명순 씨가 결혼헌다는 것을 안 다음날부터 주꾸미도 가져가지 않는 당게. 내버려두쇼."

송씨는 대수롭지 않다는 태도다.

"인자 둘이 잘 살어 봐. 서로 헤어지지 말고."

어은댁이 명순의 손을 꼭 잡는다.

"고마워요 잉."

명순이 얼굴을 붉힌다.

마지막 비상구

"어무니. 그리고……아부지."

명순의 딸이 웃으며 장씨와 명순에게 다가온다.

"아니, 우리 숙자아닌가벼."

장씨가 두 손으로 반갑게 숙자의 손을 잡는다.

"자! 자! 자! 우리 만세를 부릅시다. 그리고 오늘이 삼일절 아닌가벼."

그 상황을 바라본 송씨가 큰소리로 웃는다.

사람들이 그 모습을 바라보고 왁자지껄 웃으며 만세를 부른다.

"우리 삼일어촌계장 만세!"

"인자 결혼식은 다 끝났응게 한잔씩 허면서 이야기헙시다."

송씨가 그 말을 하자 사람들은 어판장 가장자리에 차려놓은 술상으로 몰려가며 떠들어댄다. 명순은 결혼식에 입었던 한복 위에 앞치마를 두르고 사람들 사이를 오가며 음식을 나른다.

"새댁이 왜 그려. 오늘은 동네 사람 시키드라고."

동네 사람 하나가 웃으며 말한다.

"일헐 사람도 없쇼."

얼굴을 붉히며 명순이 바쁘게 움직인다.

"인자 여그 일 그만 허고 명순 씨랑 군산이나 다녀와요. 주꾸미축제를 헌다잖요."

송씨가 넉살좋게 웃으며 장씨에게 다가간다.

"알았당게."

명순과 장씨는 저녁이 되어 주꾸미축제가 시작된 군산내항으로 들어간다. 장씨는 명순의 손목을 꼭 잡고 장사진을 친 거리를 의기양양하게 걷는다. 명순은 사람들로 북적거리는 틈으로 낯익은 사람을 본다. 자세히 바라보니 이씨다. 이씨는 술에 절어 콘크리트로 만든 화단에 기대 앉아 먼 하늘을 바라보고 있다. 명순은 이씨를 못 본 척 지나치며 장씨를 따라간다. 어디선가 쏘아올린 폭죽이 터지면서 밤하늘을 수놓는다.

마지막 비상구